CB062770

o primeiro sonho do mundo

anne sibran

tradução **Adriana Lisboa**

/re.li.cá.rio/

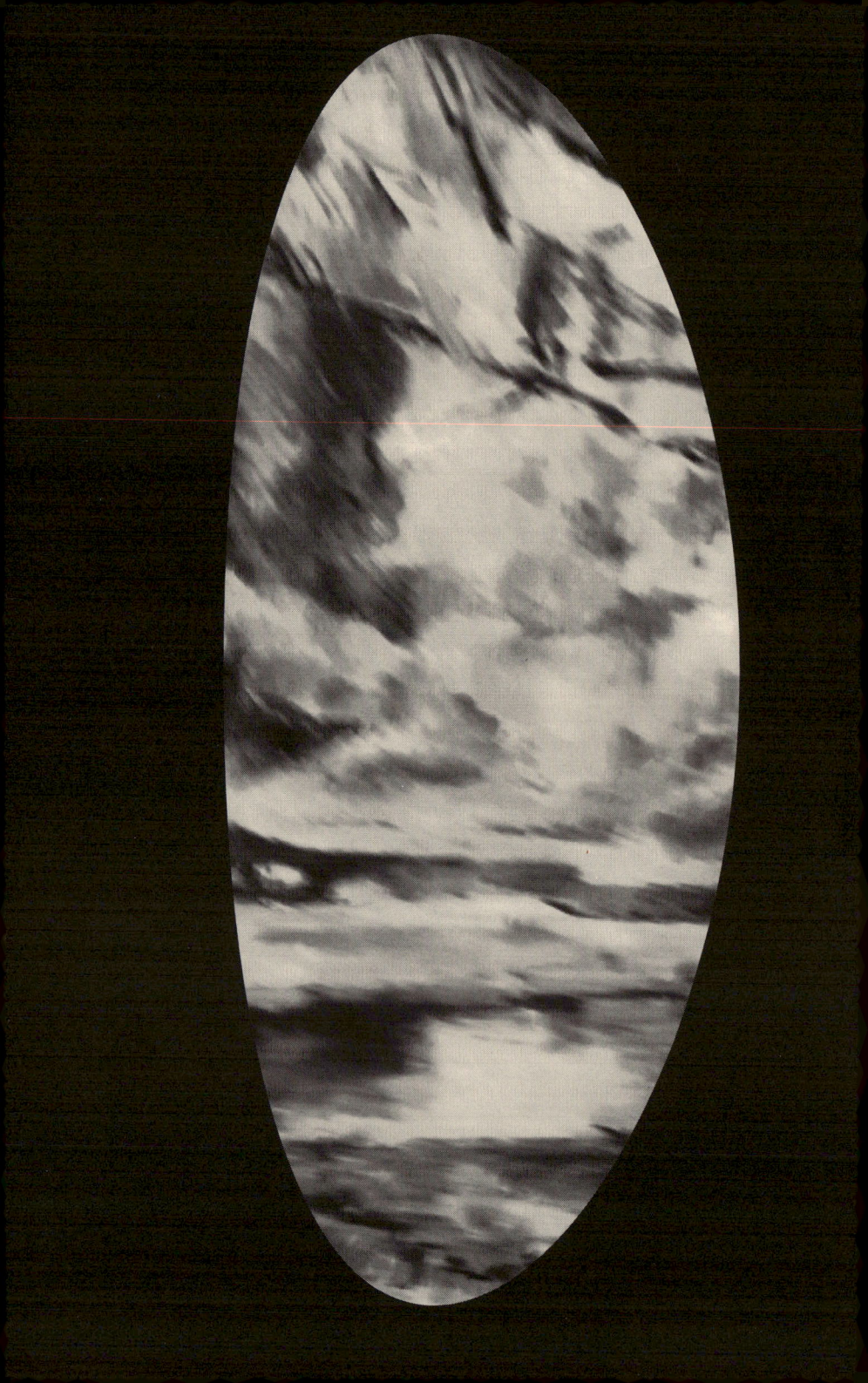

Para Adela Tobar
Valérie Redard
Ashley Ashford-Brown

"Nestes tempos de infortúnios onipresentes, violência cega e catástrofes naturais ou ecológicas, falar da beleza poderá parecer absurdo, inconveniente, até provocativo. Quase um escândalo. Mas por isso mesmo vemos que, em oposição ao mal, a beleza se situa no outro extremo de uma realidade que precisamos enfrentar. Estou convencido de que temos como tarefa urgente e permanente contemplar esses dois mistérios que constituem as extremidades do universo vivo: de um lado, o mal; do outro, a beleza."

François Cheng,
Cinco meditações sobre a beleza

"Ah, contamos os anos, fazemos cortes aqui e ali, paramos, recomeçamos, hesitamos entre os dois... No entanto, como tudo o que nos acontece constitui uma totalidade, como cada coisa está ligada à outra, e se engendra, e cresce, e se forma por conta própria... e no fundo só temos de estar presentes, mas com simplicidade e urgência, como a Terra está presente, dizendo sim às estações, clara e sombria e inteira no espaço, sem pedir para descansar em outro lugar que não seja a teia de forças e de influências onde as estrelas se sentem seguras."

Rainer Maria Rilke,
Cartas sobre Cézanne

"Gostaria de reencontrar as sensações que temos ao nascer."

Paul Cézanne

prólogo

ato I
Seus olhos acalentando o segredo que guardam

ato II
O olhar novo

ato III
Na casa da dança

epílogo
Os batimentos do coração da terra

agradecimentos

11

17

49

99

163

181

prólogo

Quando Paul Cézanne acorda nessa noite, não reconhece mais seu quarto. O velho armário, a cadeira recém-reempalhada onde põe as roupas: tudo se afoga nessa grande escuridão, uma escuridão densa e sem nuances que engole também a cama.

Puxando o travesseiro, ele ergue os ombros, encosta-se na cabeceira. Sob suas mãos, a lã áspera de uma colcha. Ele sente o cheiro de seu cachimbo frio, pousado na mesa de cabeceira. Mas, voltando-se para a cômoda, não encontra mais o grande espelho, com o reflexo da lamparina a gás, plantado lá embaixo na rua.

Só então entende que seus olhos não enxergam mais.

Estavam vermelhos. Fazia dois dias que lacrimejavam. Ontem, a criada os aliviou aplicando nas pálpebras compressas de água de centáurea. Ele foi se deitar sentindo-se quase bem. Em todo caso, enxergava melhor.

O que aconteceu enquanto dormia? Ele coloca as mãos sobre os olhos. Desde que começou a pintar, sabe interrogar com a ponta dos dedos um lacrimejamento, prever o cansaço. Mas desta vez o problema não vem de seus olhos. É outra coisa. Uma sensação que o desconcerta e enlouquece: a impressão de que suas pupilas batem febrilmente no vazio... sem encontrar aonde se agarrar.

– Meu Deus, o que está acontecendo comigo? – exclama o pintor. – Parece que alguma coisa se soltou de mim!

Foi isso que o acordou, ele tem certeza: o leve farfalhar de uma imagem que se retirava do quarto, levando embora tudo o que ele via.

Com o peito apertado, Paul tenta se sentar ereto na cama de modo a reunir suas últimas forças. Uma pequena charrete passa na rua. "É o velho do Poutefigues que vem trazer as amêndoas, é dia de feira." A ansiedade o domina. "Onde estão as sombras?" Nada veio dançar nas paredes claras, do outro lado da rua.

Em breve, as ovelhas vão descer das regiões montanhosas, uma trilha de balidos, de sinos, com o suave martelar de patas esguias nas calçadas.

Desde quando passou a viver aqui, quando é dia de feira ele conhece, com certeza, conhece em sua rua a ordem de tudo o que passa. Os tamancos dos carregadores de cestos, a charrete de *macarons*, conduzida manualmente, o carregador de musselinas, a mula das azeitonas, dos ovos de bicho-da-seda.

Como ele gosta de acompanhar, todas as sextas-feiras, esse cortejo de silhuetas, de bichos compridos, precisamente nessa hora em que o halo do candeeiro os projeta no teto, no espelho, na parede oposta. Quando, o dia ainda não tendo raiado, seu quarto se deixa atravessar por todas essas almas que descem das colinas e desfilam diante dos móveis, sobre a parede branca, em vapores de vinagre, de aves, de roscas. Esses espectros finos como aguadas de tinta, que ingressam ali por dispensa, aos quais mais tarde o sol vai conferir carne e cores, quando, sentados atrás da barraca, tiverem disposto seus cestos.

Enquanto seus olhos se encontram estagnados numa escuridão enregelante.

Tanto que Paul se sacode como um bicho. Tendo concluído de uma vez por todas que está caminhando dentro de um pesadelo, estende a mão, tateando em busca do acendedor na mesa de cabeceira, derruba a caixa de tabaco, que se quebra, espalha-se sobre as lajotas do piso.

Por fim, acaba tocando na lamparina a óleo.

Lá embaixo, na rua, um homem solta um palavrão. Chicotadas, relinchos, enquanto ele sente sob os dedos o calor do pavio que se acende.

Um lume aparece... Mas como o fogo de pastores do outro lado da montanha. Tão distante. Quase inacessível.

Como é possível a lamparina queimar tão perto e ele não enxergar nada além de uma estrela afastada?

O que o pintor precisa suportar neste momento é de tal modo aterrador que ele se impede de pensar na pintura. A pintura para a qual seus olhos nasceram e que o põe em movimento todas as manhãs, que anima seus menores gestos.

– Já estou conseguindo enxergar um pouco, pronto – sussurra Cézanne com uma voz inexpressiva.

O velho respira aos bocadinhos, como se contasse os instantes, voltado à própria respiração, e assim atravessa esse terror, mancando, os lábios entreabertos.

Então, virando-se para a lamparina, põe-se a rezar.

Não é por seus olhos que ele pede, mas pelo que se afastou dele, deixando-o nessa escuridão sem fundo, onde nada mais vem ao seu encontro.

No entanto, ainda sente no corpo a localização dos elos invisíveis: tudo ao que tanto gostaria de responder, em sua pele, em seus olhos, construído por essa atenção, essa vigilância amorosa, todas essas portas minúsculas por onde os dedos esguios do vivo fazem entrar o mundo.

"Será que a vida está amuada comigo?"

Que ela possa se afastar dele dessa maneira é algo que o perturba. Que lealdade maior que a sua? Ele que a cada manhã se levanta antes de todo mundo para correr em busca do milagre, misturar sua respiração ao dia que nasce.

A garganta apertada, ele suplica. Apela humildemente às nuvens, às cascas, às pedras adormecidas, ao caminho da nascente, à prata dos salgueiros, ao descamar dessa asa de pássaro, submersa em transparência sob o sol trêmulo. Ou a essa colina apoiada no crepúsculo como um feixe que acabaram de amarrar...

Será possível que tudo isso que ele sempre honrou, essa abundância de forças e surpresas o tenha esquecido?

Nesta noite, ele compreende até que ponto o olhar é um acoplamento, uma luta com o exterior. A mão do olho na mão do mundo. E se um dos dois soltar, então o outro estará perdido.

Um vento de mato entra no quarto, evocando as carroças de alfafa e feno.
Ele conhece os chapéus surrados, aqueles retalhos de pele branca que às vezes entrevê por meio de um botão aberto da camisa. O amanhecer deve estar chegando ao mercado, caminha sempre com os camponeses.
Caído ao pé da cama, ele estende os braços para a janela. Mas ainda não enxerga nada.

É então que Marie, a irmã, abre a porta do quarto. Faz dois dias que ela ronda por ali, preocupada. A quebra do pote a acordou.
– Paul?
– Vá embora! Me deixe em paz!
Antes de fechar a porta, ela vê aqueles olhos abandonados. Ele a ouve correr pelo corredor, chamando a criada.

Quanto tempo fica assim, com a cabeça entre as mãos, enrolado ao pé da cama, antes que uma luz fina se imiscua entre dois dedos?
É só um fio, um cabelo muito pálido, mas Paul o agarra na hora. Segura com firmeza esse pequenino facho, segue-o com a pupila aferrada. Segue-o, colhendo cada vez um pouco mais de luz. Colhendo.
Às vezes o brilho escapa, ele sente que volta a cair. Então bate as pálpebras, ergue o pescoço, apresenta incansável o olho ao raio luminescente que reflui, que se convida, ao qual ele se agarra desesperadamente, que agora não vai mais largar.

Ele ainda está segurando o fio quando a luz volta, barulhenta e colorida. Ele a apanha. Sem hesitar, apanha-a. Está lá, voltou, ele não tenta mais entender, rola, como um pardal, nessa poeira de estilhaços.

Banha-se nela, cobre-se dela, enquanto ri, enquanto chora, agitando os braços.

Até o fim do mundo, será sempre insaciável diante de toda essa luz.

Mais tarde, quando o armário tiver retomado sua forma, quando o espelho capturar o que deve capturar, ele prometerá a si mesmo jamais falar a ninguém sobre o que viveu.

É pura superstição, sabe disso, mas quer apagar os rastros, quer que não haja mais uma única palavra, um único pensamento capaz de trazê-lo de volta a este quarto onde se encontrou cego, durante longas horas, tendo ingressado contra sua vontade no duro da noite.

Para evitar pensar de novo nisso, ou pelo menos afastar a obsessão, ele procura um substituto para o que viveu, algo que lhe seja próximo, uma imagem marcante que pintaria como um símbolo no baú lacrado.

Pensa então na formiga-leão, essa larva branca, com suas longas presas, escondida no fundo de um funil escavado na areia, às margens do Arc, onde ele ia pescar quando criança.

A armadilha era admirável, as formigas se perdiam nela.

Durante horas, ele as via batendo as patas, tentando subir de volta. Assim que alcançavam as bordas móveis do funil, o chão desmoronava sob seu ventre e elas voltavam a cair. Cada contorção que faziam para se desvencilhar da armadilha as levava mais para baixo, para o fundo do buraco, até as garras venenosas que golpeavam o ar ao seu redor, ansiosas para perfurá-las.

Algumas, no entanto, escapavam. Sem ter feito nada para sua salvação, igualmente tomadas pelo pânico, tendo heroicamente batido suas patas. Assim como as outras.

Quase nada havia sido necessário, elas nunca entenderiam isso, mas tinham saído do buraco, exaustas, cambaleando.

E logo em seguida retomavam a sua trilha, tocando com as antenas aquela terra que lhes restituía a vida.

ato I

Seus olhos acalentando o
segredo que guardam

1

Dois dias antes, Paul havia se levantado com aquela estranha apreensão da qual vai se lembrar em seguida. Acendendo o cachimbo, andou em círculos pelo quarto, pensando na tela em andamento. Como acontecia com frequência, algo o impedia. Ele se sentia perto, porém.
Entreabrindo a janela, saiu para a varanda. A cidade, silenciosa, parecia deserta, desabitada. O céu estava pejado de nuvens.

"Meu Deus, mande um vento, o céu está carregado demais hoje..."

Ele queria a mesma luz, o mesmo dia da véspera, queria que o mundo prendesse a respiração para lhe dar tempo de acrescentar mais alguns toques de cor, capturar o sorriso do vale tal como lhe havia aparecido. Pois naquele momento existia na atmosfera uma inteligência tão palpável que, antes de pensar em traduzir, ele primeiro agradeceu.
Em seguida, dando de ombros: "Ou então faço com os tons de cinza...".

O dia ainda não amanheceu. Ele se veste, põe os tamancos, junta suas coisas. A garrafa no saco de caça junto com o pão e algumas azeitonas. O coração já se acende em seu peito, as mãos vibram sobre os objetos. Agora ele se apressa, aguilhoado por essa promessa, esse impulso infantil que o lança pelos caminhos faça o tempo que fizer, com seus pincéis, suas tintas, a fim de correr rumo à primeira manhã do mundo, tentar se apoderar de um fragmento dela antes que a luz mude e as cores sequem em sua paleta antes de terem nascido.

A carruagem espera diante da porta para levá-lo à antiga pedreira. Um velho, como ele, debruçado sobre sua velha mula. E ele mal se senta atrás dos dois, esse mau cheiro de suor misturado com alho e vinho.

Passado o aqueduto, a carruagem segue por um caminho poeirento onde logo se esquecem as ruas espartilhadas de calçadas para subir em direção à resina e aos bosques de carvalhos. É aqui, neste planalto, que fica o ventre da cidade; foi aqui que, milhões de anos antes, maceraram-se estas pedras ocres, extraídas da rocha ao longo dos séculos para construir as casas. Quando os homens foram embora, o matagal invadiu esta rede de cavernas angulosas, perfuradas por chaminés, onde o olho do céu ainda desliza por entre as folhas.

É por ter brincado aqui quando criança, por saber ainda hoje em que fenda se entocava o lagarto capturado cinquenta anos antes? Permanece neste lugar um pouco dessa solenidade ingênua que se aprende convivendo com o mundo. Memórias de iniciações, de medos intensos e deslumbramentos, espalhadas feito cacos, preciosos pigmentos nestas cavidades forradas de samambaias, onde, diante de paredes amarelo-açafrão, estende-se uma gama infinita de penumbras. Ele vem em busca dessas perspectivas, quando, plantado à beira do vazio, vê a planície se descamando sob o céu diante da Santa Vitória, a "montanha do vento". Mais do que em qualquer outro lugar, é aqui que gosta de pintar.

Depois que a carruagem partiu, ei-lo aqui saltitando pelos caminhos da pedreira nesta manhã de abril. A apreensão o abandonou. Ele trota, cavalete no ombro, vai como a flor de esteva: tenra e rugosa, com um coração de estame.

Invocando a cada passo o tempo de antes dos homens, ele se vê avançando num mar quente do pleistoceno, imerso até a cintura em redemoinhos de zimbros, ondulações de funchos e a espuma cinzenta das gramíneas. Arrebatado, farejando o ar, ele já colhe alguns reflexos, sopros de menta fresca, batendo o chamado das sensações. Pois encontrou o lugar na véspera, ao ir embora. Essa clareira que é como um terraço diante do vazio. Um lugar promissor, pode senti-lo, tanto que espalha seus pertences, para erguer à sombra dos pinheiros o perímetro do esconderijo.

A Santa Vitória está à sua frente, fiel ao encontro. A essa hora, ela ainda se confunde com o céu, que lhe faz apenas a concessão de uma silhueta, afogada em nuvens cinzentas. Paul a cumprimenta distraído, ocupado que está em abrir seu saco de caça, em procurar um buraco à sombra para a garrafa de vinho.

E é assim, com essa leveza plena de vivacidade, tendo disposto o cavalete e apanhado um pedaço de carvão, que ele deixa os olhos vagarem como dois bons cachorros, tatearem o vento, farejarem o nada, quando de repente se sente mordido: duas presas passaram debaixo de suas pálpebras com enorme deslumbramento.

Sob o efeito da fulguração, ele vira o cavalete e, tateando em busca da primeira pedra que encontra, finalmente se senta. Vinha da Montanha, ele tem certeza: para lá da cortina da atmosfera, algo surgiu das brumas para vir aguilhoar suas pupilas com luzes brancas.

Suspensas diante do rosto, as mãos hesitam em tocar as pálpebras. Mas os olhos ainda estão ali. E, contra todas as expectativas, singularmente tranquilos. Sem lacrimejar, ei-los regressando ao mundo sem nada além de um leve tremor, as poucas faíscas de um resquício de brasas.

Sentado em sua pedra, Paul resmunga, perplexo. O que mais aconteceu entre seus olhos e a Montanha? Seus olhos agora tão serenos, habitados por uma alegria simples e fresca como roupa lavada...

O melro se calou, o calor aumenta. A hora em que tudo se afia, se esgota e pulveriza. Estridulação das cigarras, amolecer das folhas e dispersão das cores. À sua frente, a Santa Vitória está rompendo as brumas, ele pode sentir. Desnuda, palpitante, ela exibe sob o céu o esplendor cru dos primeiros tempos.

E alguém poderia pensar, nesta manhã, que a beleza se anuncia com um sopro brando. Caso contrário, o que viria roçar sua pele desse modo, convidá-lo a mergulhar os olhos, receber a pintura?

Mas ele não sente mais a sua força. E, descobrindo a tela branca caída na grama a poucos passos de onde está, é tomado por uma fúria surda que de repente faz com que se levante e pegue suas coisas para ir embora, quase fugindo. Os olhos presos às raízes, obstinadamente baixos.

2

Não foi a primeira vez dessas fulgurações e desses ataques de cólera. Tanto que com o tempo lhe vinham ideias estranhas, que não ousava expor a ninguém, mas que ruminava com frequência.

E antes de qualquer coisa essa sensação de que seus olhos lhe evadiam. Olhos que se tornaram livres ao longo dos anos, com personalidade, caprichos e até alguns segredos!

Quem, nesta cidade, até mesmo neste mundo, poderia entender isso?

Para a maioria dos seus semelhantes, o olhar é apenas este servo fiel, responsável por segurar o corpo ao corrimão, determinar a precisão de um gesto, trazer de volta o objeto perdido... Duas lanternas servis que respondem à voz. Com uma realidade condizente, é claro, bem embalada em sua forma, como se estivesse metida dentro de uma luva.

Enquanto ele próprio via as coisas de forma muito diferente. Para dizer a verdade, não era obra dele, Paul não havia decidido nada. Sua vida de pintor e de homem foi assim constituída de surpresas e assaltos. Uma série de rupturas e de perfurações que tinham vindo como que para amolecê-lo e desapropriá-lo.

Sem tentar traduzir essas experiências, podemos ao menos esboçar seu perímetro, enumerar algumas dessas tribulações que ele não conseguia entender, mas que ainda assim lhe aconteciam.

Bem antes do "deslumbramento da Santa Vitória", é preciso voltar ao que mais tarde ele vai evocar como sendo sua "pequena iniciação": essa "suspeita" que contraiu na casa do pai, numa tarde de verão...

Sentado na cadeira de palha, então, Paul cochilava à beira do tanque, à sombra dos altos castanheiros, quando lhe pareceu detectar uma espécie de atividade, um estremecimento diante das árvores. A sensação era ínfima, mas com esse pequeno movimento parecia que os reflexos na água, na folhagem e nos arbustos evaporavam de repente, tornando-se manchas impalpáveis.

Por um momento, através daquela abertura, o lugar lhe pareceu tão novo que ele se pôs a chorar. De gratidão e medo. Porque aquela beleza era sobretudo terrivelmente viva, perturbadora, quase monstruosa em suas palpitações. A ponto de ele ter entendido imediatamente que seria possível morrer daquilo: era como surpreender aquele jardim em sua luz original, em sua natividade.

Paul tinha acabado de fazer 20 anos. Muitos teriam esfregado os olhos para se arrancar daquela vertigem, decretá-la uma alucinação e esquecê-la. O jovem levou a coisa a sério. A experiência não é nada, como se sabe, sem o empenho que se segue, e agora havia essa dúvida que o fazia espreitar por baixo da realidade, observar intensamente as coisas. Olhar para elas duas vezes.

Era uma insurreição. Ele não media, naquele meio de século, o que tal atitude poderia ter de subversiva numa sociedade de primeiras impressões em que o aparente tomava o lugar da verdade e do dogma.

Esperada com tanta paciência, a sensação voltou. Era sempre de imprevisto: um espelho se colocava nas escamas da cobra-de-vidro que deslizava à sua frente no meio do mato, ou uma tremulação entrava numa cor que o deixava pasmo diante da postura de uma maçã ou da casca de um carvalho.

Ele sentia haver ali um caminho, o começo de uma busca, algo para escavar.

Para isso, eram necessários outros olhos além daqueles que haviam ido à escola. Olhos selvagens, primitivos, que deviam reaprender a caçar...

Assim, Paul se lançou à pintura como um nômade dos primeiros tempos. Usando como lança um carvão afiado e uma folha de papel onde desenhar a armadilha. Aprendendo primeiro a paisagem ao praticar copiá-la – cada sombra, cada tufo –, ele se ajustava tão bem ali que acabou por se tornar imperceptível, empenhando-se em desaparecer a qualquer momento, fizesse o tempo que fizesse, ou seja, desenrolando com atenção infalível as delicadas sedas da aranha.

Assim como os caçadores agachados atrás de um arbusto, esperando que a floresta de repente lhes cuspisse uma fera, Paul espiava, plantado diante da cortina do anódino, o surgimento dessas entidades palpitantes que são as cores.

Pois havia sempre aquele momento em que elas se destacavam do tronco da árvore, do amontoado adormecido das casas, para ganhar vida, revelar aquele estremecimento íntimo que vinha arredondar a casca, dispersar os telhados.

As pessoas não suspeitam o trabalho que dá fazer com que os olhos aprendam a paciência. Treiná-los para segurar ao mesmo tempo o que é amplo e o que é estreito, até surpreender esse banho azulado que liga dois morros um ao outro. Fazê-los falar.

Entende-se que o músico deva exercitar as mãos para o instrumento e causa surpresa que o pintor deva treinar o olhar...

Era preciso sobretudo ensiná-los a esquecer os nomes das coisas, tudo o que pudesse despertar uma lembrança, ativar a máquina pensante. Nada colocar entre a retina e o mundo. Só então a vida poderia sair da toca e passar deslizando sobre o chão diante de você.

No começo, os olhos do jovem pintor queriam sobretudo brincar. Ou, pior ainda, fingiam ficar parados de tocaia para se atolar num cochilo. Mas Paul era inflexível, chamando-os à ordem, esfregando-os vigorosamente antes de jogá-los de novo à sua frente.

Ele lamentava, no início, que não existisse um órgão exclusivamente dedicado à sua busca. Então percebeu que o mesmo acontecia com as mãos do violinista: era preciso, ao contrário, que elas também soubessem segurar o pão, apertar a mão, acariciar o seio e futucar o nariz. Estava aí a aventura: encontrar o inesperado por meio do simples.

A ternura, a vulnerabilidade desses globos luzidios, guardados em sua bolsa de pele retrátil e lacrimejando ao menor vento, o comoviam. Sobretudo porque, ao longo dos meses, os olhos se entregaram ao jogo, já não hesitando em ir esquadrinhar a rocha com o heroísmo ingênuo das crianças. Frequentemente a pálpebra inchava, o branco do olho ficava injetado de sangue.

Tratava-se apenas de pintura nesses tempos de inatividade? Será possível que alguém permaneça imóvel a esse ponto, durante horas, por um quadro? Porque havia, antes de mais nada, aquela felicidade simples de ir "encontrar amigos", como ele dizia.

Seus "amigos" eram as colinas, os riachos, as montanhas. Escrutinada assim, sem trégua, a natureza se tornava outra vez natural, mostrando-se como um animal para vir até ele.

É que restava tão pouco do homem, assim despojado por tamanha atenção, que os arredores se deixavam respirar mais forte, faziam-se cúmplices, tornavam-se conscientes outra vez. Por toda parte as formas oscilavam, estabelecida a confiança, entregavam-se de verdade.

Esses dias na antiga pedreira, no frescor do Arc, nas encostas da Santa Vitória, alimentavam-no por meio daqueles pequenos mistérios concretos com os quais os primeiros homens tinham sem dúvida colorido suas lendas.

Imerso nessas músicas abafadas que transpiram do coração das coisas, ele sabia, assim como o pássaro, adivinhar a mudança do tempo nas articulações de uma folhagem, ou pressentir a lebre na espessura de um canto de mato, onde também ele teria se alojado.

Nesse banho de emanações onde o mundo parecia germinar, já não havia dentro nem fora: apenas um mesmo advento. E os olhos que ele tanto treinara em subir a montanha para traçar os planos e relatar as formas acabaram penetrando nas sutilezas, nas ligações entre as coisas, onde a cabeça e a mão nem sempre sabiam segui-los. O que o preenchia e ao mesmo tempo o assustava: os olhos pensavam sem ele, o mais perto possível das cores.

Uma noite ele sentiu entre dois sonhos algo brilhando sob suas pálpebras, como se alguém tivesse deixado a luz acesa. Quando acordou, viu de repente a casa sob os álamos, a mesma que tentara pintar o dia todo.

Ela apareceu como uma seda desenrolada sem que ele tivesse suscitado coisa alguma. Nem lembrança nem pensamento. A imagem estava ali por vontade própria, como se os olhos do pintor tivessem levado um pedaço de esplendor como um osso para roer durante a noite.

Uma outra vez, sentado atrás do cavalete, intimou um movimento aos seus olhos, mas eles partiram na direção oposta, seguros de si, com uma espécie de instinto, como um pressentimento do lugar preciso onde a cor ia falar, dar coragem. Não se enganaram.

A distância não era sempre tão grande entre as pupilas hábeis em submergir debaixo da superfície das coisas e a mão laboriosa que tentava traduzi-la, negociar com a tela e os pigmentos. Às vezes a obra ia num "bom andamento" e o pintor assobiava. Mas constantemente o virtuosismo do seu olhar parecia desafiá-lo, obrigando-o a inventar, a encontrar artimanhas para tentar transcrever o que os olhos viam.

O que quer que fizesse, eram sempre eles que dirigiam o trabalho, que indicavam onde colocar as pinceladas.

Com o tempo, eles se tornaram tão inteligentes que o pintor se convenceu de que tinham desenvolvido, no contato com a intensidade, uma luz – a bem da verdade, uma alma superior à sua.

Se, em certos momentos, o velho se interrompia, exclamando em voz alta "Tudo isso são divagações!", a coisa o perturbava tanto que ele acabara por nutrir uma desconfiança com relação aos olhos. Um complexo.

As cóleras proverbiais, as fúrias selvagens que devastavam o ateliê, derrubando móveis e frascos, não se voltavam contra aquele cujas telas eram constantemente recusadas nos salões, mas contra a "alma inferior" tão pouco hábil em traduzir tanta beleza num quadrado de tela com algumas pobres manchas de óleo.

"E se meus olhos se cansassem de mim?", pensava o pintor.

3

O sol já está alto quando Paul chega à entrada da pedreira com esse resquício de cólera e seus olhos acalentando o segredo que guardam.

A carruagem só volta às cinco horas. "Que se dane, irei às custas das minhas pernas."

As pedras rolam sob seus pés, o suor escorre por sua barba, mas, depois de alguns ziguezagues, o estridular das cigarras lavou sua cabeça. Ele não pensa mais em nada. São tantas, furando os troncos, lambendo a seiva com esse frenesi ritmado, que o ar fica saturado com essência de resina. Um cheiro ardente que atravessa de modo intermitente algo gelado, prateado como uma lâmina.

Para lá dos pinheiros, a sombra se avermelha sob as oliveiras com tufos de mato seco, pálidos e cinzentos. Mais abaixo, mulheres cantam. Adivinham-se o sopro espesso dos ancinhos, o bater dos tamancos, o feno arrumado em montes. A ceifa! O velho aperta o passo. O povo pequenino das mãos! Que levanta muretas, limpando as nascentes, sempre ali para colher os frutos, raspar o ventre da terra, cuidar do seu torrão.

Paul está sentado à sombra do álamo, no alto dos campos. Lá embaixo, ao pé da mó, aquela jovem e seus cabelos. Os cachos colados à testa, o fôlego curto, ela pega uma braçada de feno que dobra sob o joelho, trazendo os talos para trás, dobrando-os com o peso do corpo, depois se levantando para levar a coxa mais para a frente. Em três ou quatro reverências o fardo está pronto, guardado ainda por baixo de sua saia, pelo tempo de trançar uns matos que vão lhe servir para amarrá-lo.

Há o balé dos ancinhos, as toucas claras, essa litania de versos, de risos francos e de esforço. Mas ele só vê a jovem que dobra o campo como a um cobertor com seus grandes braços macios. Quem melhor do que ela sabe a cor do capim, neste momento? Amassado nesse corpo a corpo, o loiro fulvo flutua por toda parte entre seus gestos como uma consciência evaporada.

É isso que ele gostaria de pintar: esse reflexo que as coisas assumem quando são tocadas. Ou quando são olhadas.

Um apito. Todos param de trabalhar. Hora do lanche, do *"grand boire"*. Tirando dos bolsos as canecas de estanho e o ovo cozido enrolado num pano, juntam-se a ele debaixo da sua árvore, onde desembrulhou seu pano, oferecendo o pão e as azeitonas. Cumprimentam-no e se sentam ao lado dele. Um homem passa, um barril no ombro, servindo vinho. Todos tiram os tamancos, deitam-se, alongam-se. As palavras são raras. Todos já se foram quando o homem volta a dobrar sua faca.

Paul pegou seu caderno. Sentado no toco, desenha. Um braço roliço, um movimento dos quadris, a sombra debaixo da mó: todos esses suportes onde as cores às vezes pousam como pássaros.

A cada intervalo, sobem a ladeira para vir esfregar o alho no pão e principalmente contemplar o andamento do desenho por cima de seu ombro. – *Tau e quau* – diz uma senhora de idade atrás dele.

O cocheiro não virá, foi avisado por uma criança. A essa hora, o sol é essa página em branco que se veste daquilo que toca. E agora que desce no céu, um pó de gaze vem sublinhar cada folha, vindo sabe-se lá de onde. O frescor avança e depois recua. Ficam à sua espreita, imobilizando-se quando ele passa a fim de mergulhar nele por um momento.

Em volta do pintor, acabrunhados pelo calor: uma hecatombe de cachorros e crianças adormecidas sob as moscas e que ele desenha, resmungando quando um braço sonolento vem cobrir uma bochecha.

Paul ainda está desenhando quando a velha se junta a ele com um jarro. Sem que ele tivesse pedido nada, ela molha um pano para enxugar suas pálpebras. Ele tem um sobressalto.

— Seus olhos estão vermelhos, você vai chorar sangue.

Com resistência, ele se resigna. A água o acalma, mas o campo parece embaçado. Ele guarda o caderno.

As crianças voltaram às brincadeiras. Com o entardecer, o feno fabrica o seu vinho: a hora em que a terra exala essa destilação de palha mole, de seiva evaporada onde ainda flutua um pouco do zumbido das abelhas e do ventre das flores. E tudo isso fermentado pelo hálito dos homens, pelo suor acre das camisas, pela batida dos tamancos no chão. Esse vapor anima os olhos e faz cantar mais forte. As pessoas topam umas com as outras, roçam umas nas outras ao recolher as ferramentas e carregar os fardos enquanto o barril de Barbaroux passa de um ombro a outro.

No final dos gestos há alegria. Para lá do cansaço, depois de tantas torções, de subidas e esforços, o corpo descobre algo a mais, como um empurrão que o magnetiza, estendendo-o na direção daquilo que o cerca. A bacia púrpura do vale, as crianças, os carpinteiros que consertam as carroças: tudo cantarola ao mesmo tempo.

Apesar de ter passado o dia inteiro sentado olhando, Paul sobe na charrete, levado pelo mesmo refrão, comovido pelas risadas das moças.

Ela está ali, aquela que há pouco dobrava o campo sob seu joelho. Tão perto que ele não ousa olhar para ela, bebe, os olhos na caneca, enxuga a barba e bebe de novo.

Lágrimas escorrem por suas bochechas. São de água ou de sangue?

Puxaram uma cadeira para ele no pátio da grande casa da fazenda, aquele fogo não muito longe, o canto de uma flauta. As sombras bebem os tecidos. As silhuetas se fazem mais cruas. Com todos esses contrastes, mais parece que as jovens que circulam tiraram a roupa, a ponto de ele pensar às vezes que está na casa de Madame Henriette, em Marselha.

E ele adormece com a perturbadora impressão de estar sentado no sofá de veludo vermelho onde as moças esperam, de pernas cruzadas, nuas sob o xale. O olhar esfumaçado de Mademoiselle Fanny. E aqueles licores de coxas, aqueles pequenos seios firmes!

Quando ele acorda, o fogo ronca sobre as brasas. Alguns movimentos num arbusto. Uma flauta. A noite vai pela metade, com uma lua gorda. Ele pega suas coisas e vai embora assim, esfarrapado, o cavalete se arrastando no mato.

4

No dia seguinte, o sol mal nasce. A luz chega até ele feito gelatina. Isso lhe recorda aquelas névoas de Pontoise que o faziam tossir. Um branco calcário, indistinto, de antes da criação do mundo. A criada já varreu, deixou o pão. Folhas terrosas de salada murcham numa bacia. Enquanto ele permanece encolhido debaixo do lençol.

"E se tudo fosse tirado de mim?", cogita Paul. Porque não enxerga quase coisa alguma. Tanto que volta a mergulhar nesse sono vazio, a cabeça falando sozinha.

À sua volta, rostos austeros, maçãs cinzentas e alguns ciprestes flutuam no quarto feito fantasmas. "O que eu fiz por eles?" Nesta manhã, o espaço entre cada pingo de tinta na tela lhe parece vertiginoso. "Se me tivessem dado tempo..."

Um pedaço do campo lhe aparece, o deslumbrante motivo de uma aldeia ao pé da Montanha, onde cada casa, cada rochedo se concretizam na mata e na tela no mesmo instante. "Mais alguns meses e eu teria alcançado a fórmula, teria sido capaz de me traduzir por completo." Em vez desses esboços pobres, que ele gostaria de amontoar como uma pilha de farrapos no recinto de um trapeiro.

A criada voltou. Ela o chama, aproxima-se do quarto. Só de pensar que ela poderia empurrar a porta, preocupar-se com ele ou fazer perguntas, ele se levanta, tateia o que encontra, vai lavar o nariz.

Ela o encontra desgrenhado na sala, molhando o pão no azeite, o colete mal abotoado. Os olhos estão tão vermelhos que ela tira o avental para sair em busca da velha que comercializa suas ervas na entrada do mercado.

A porta bate, ele deixa o silêncio escorrer por entre os móveis. Miado do gato na cozinha. Às suas costas, o ritmo do pêndulo. A luz regressa pouco a pouco, devolvendo-lhe o prato, os padrões da toalha. Ele enxerga o suficiente para fugir antes que a criada volte.

Depois de passar pela varanda, ele abaixa o chapéu, roçando as paredes, mergulhando na sombra dos ciprestes até os degraus de Saint-Sauveur.

Há aqui os grandes órgãos, os buquês de lírios, as estátuas nos nichos e suas roupas bordadas com ouro fino. Os nomes das famílias estão inscritos nos genuflexórios onde as toucas de renda encontram a cada oração as mãos metidas em luvas elegantes.

Ele vem pelos corredores, esta poça junto ao pilar, este canto de banco. Vem para estar com o deus dos minúsculos, aqueles cuja vida é assustadora como a sua.

Ao seu lado, uma velha cigana juntou seus ossos em torno de uma vela trêmula que aperta entre dois dedos.

O que faz com que tudo se apazigue aqui e ele tenha sempre a impressão de estar aconchegado debaixo da barriga da galinha? O único lugar onde não precisa enxergar, ter a esmagadora "responsabilidade dos seus dons". Para ele, uma igreja é uma caverna cheia de quentura onde o olhar está por toda parte. Com as pálpebras ardentes, veio descansar em meio a orações, sinos, incensos. Chorando, às vezes, as mãos abertas, e essa dor desmedida que também se encontra nas pessoas simples e nas crianças, até que uma cor despenca de um vitral e se esfarela diante dele. Então ele se maravilha. Depois alguém toca seu ombro. Ele balbucia um pedido de desculpas e tira o chapéu. E enquanto um padre recita, ali adiante, sob as luzes, ele procura uma moeda no bolso e volta a se ajoelhar, aleijado de gratidão, em seu recesso de insignificantes...

Mal saído da igreja, volta a ser aquele filho de banqueiro que faz baixar a voz dos outros atrás de costas retesadas enquanto comentam os tamancos manchados de tinta, a barba extravagante, o paletó sem botões. Com o tempo, ele aprendeu a adivinhá-los de longe, de tanto que a rua lhe parece estreita onde eles estão. De uma feiura desavergonhada. Não importa ele mudar de calçada, fazer um desvio – leva dali com frequência uma gargalhada, uma palavra que ele continuará a esmiuçar, e que há de acompanhá-lo por muito tempo.

Não há enigma pior do que esse ódio sem fundamento. Tão difundido entre os vizinhos e na cidade que despacha crianças atrás dele, perseguindo-o como a um gato e atirando-lhe pedras. Às vezes ele se imagina detendo-as ou então falando com seus pais.

Mas o que pode lhes dizer se não suspeitam o que é isso que o toca de tal maneira? Como lhes explicar que não cuidamos das roupas quando ficamos à espreita, faça o tempo que fizer, de aparições sem promessas? Sem contar que ele não é o único artista, a cidade tem uns bons 20 excêntricos, pintando o nu como ele, ou se metendo mata adentro. Boêmios, às vezes lúbricos ou distorcidos, bebendo muito, gritando até tarde.

Por que o atacam?

Com o tempo, contudo, essa hostilidade se tornou familiar. Veste-a toda vez que sai como se fosse um sobretudo. Mesmo que ainda lhe aconteça dizer insultos, levantar o punho – foi visto há alguns meses lançando um olhar de louco a uma fofoqueira –, na maioria das vezes a aversão dos seus lhe provoca apatia. Ei-lo aqui, então, fugindo da cidade, acampando um tempo sob as árvores para esquecer os homens. Consolado pelas estrelas, pelo hálito dos currais e pelo mato molhado.

Ainda está pensando em seu itinerário, supondo em sua rota a localização das antipatias neste dia de mercado, quando vê a oficina de seu amigo Gabet, a porta de vidro escancarada.

– Ah, Cézanne...

O homem está sentado diante da plaina. No alto, a serragem faz pesar as teias de aranha que pendem entre as vigas como velhas cortinas de teatro. Paul serpenteia entre os barris até sua cadeira, com um grunhido como única saudação, ao qual o outro responde com um aceno do queixo.

É dessas amizades tão claras que as pessoas se contentam em respirar juntas, em comungar dos mesmos gestos.

No momento, portanto, trata-se de lixar uma tábua de abeto, ainda áspera de sua floresta. Um hálito quente de resina flutua no ateliê acima das aparas, dessa mão retorcida, tão lenhosa quanto a tábua, mas à qual falta uma falange.

Esse dedo decepado. Ele diz a si mesmo, todas as vezes que vem ver esse dedo decepado, além do amigo e da garrafa que beberão depois... Como é possível que essa falange ausente continue a guiar o gesto? Porque é ela, sem dúvida, quem segura o eixo da plaina. Isso se vê a olho nu. O dedo perdido ainda assombra a ferramenta, orientando-se sobre a bancada como se sentisse essa leve pressão que a faz girar suavemente.

Nesse lugar, justamente, a mão e o objeto se fundem... "Só o trabalho permite esse tipo de coisa." Ele sabe disso, o pintor, por causa de seus pincéis. A extensão rumo ao vazio, a grande dissolução se faz por meio do concreto. São necessários anos de labor, monotonia e repetições para talvez um dia abolir o espaço entre o pintor e o que ele tem à sua frente.

Aqui, no estúdio de Gabet, as teorias desvanecem. Para captar sua Montanha, para tentar apreender suas cores, resta apenas o caminho estreito de uma prática incessante em que o gesto se dá todos os dias sem expectativas, em abundância.

Qual é a diferença, então, entre o artista e o artesão? O relâmpago. Sabe-se lá por que, um dos dois recebe de repente o raio, que lhe abre uma passagem, quase imediatamente fechada, mas onde toda a sua vida já oscilou. Tanto que ele tem de voltar ali mais uma vez, para tentar reabrir a brecha, implorar pelo êxtase, com os gestos do artesão.

Nesses caminhos perigosos, o trabalho é o seu único refúgio, como as cavalariças que pontuam as suas andanças quando percorre o campo, surpreendido por uma chuva: essa porta mal presa por uma corda e já os vapores consoladores desse feno de hálito, onde os animais estão deitados.

5

Jogado como uma criança na plataforma da estação, com seu casaco de carreteiro, em mangas de camisa, Cézanne pega o trem para Marselha. Que alvoroço. Tropeça nas cestas. Atingido por chapéus, sombrinhas. Fulmina com o olhar, pega de volta seu cachimbo. Assobios e fumaça. Entra em pânico, agarra o primeiro estribo que encontra e por fim se senta diante de uma mesa no vagão-restaurante, colado à janela, pronto a morder o próximo que o tocar.

Reconhece, lá fora, na plataforma, o tosquiador de cães de aparência cigana que vem todas as noites se plantar em frente ao café Clément com sua grande tesoura pendurada sobre o peito.

Será o cheiro da fumaça? Seus olhos lacrimejam. Ele abaixa a cabeça.

Foi Marie, sua irmã, quem marcou uma consulta com Robuchot, o oculista da rue de Paradis, que também estava tratando de seu pai.

Ele às vezes consegue esquecer o que lhe aconteceu aquela noite no quarto. Mas a coisa persiste, persegue-o. Acorda-o durante a noite, às vezes. Há esse buraco agora, esse funil de formigas-leão em sua vida. Do qual ele evita se aproximar.

Atrás da janela, as nuvens se dissipam. "Depois do oculista, bem que eu iria até Vacquier para comprar preto vegetal, carmim de alizarina e um amarelo de Nápoles. Quase não tenho mais... Sem falar que o canal de la Douane, onde fica a loja de pigmentos, não é muito longe da rue Lanternerie, onde ficam as garotas."

Já está na casa de Madame Henriette, entre os sofás-camas, os abajures de vidro soprado, atento ao matraquear da cortina de contas, ao riso das mulheres nas alcovas. O cor-de-rosa já lhe sobe às faces, enquanto o trem segue pelo grande viaduto que se abre sobre o giz das colinas, os cachos das agreiras, o mar suave da mata.

O olho se põe a remexer em tudo, apesar das lágrimas, farejando os contrastes, sondando a distância.

Ao redor dele as pessoas falam alto. Recesso agrícola, o preço da amêndoa. O cachorro do vizinho foi pego pelo carrinho. Mulheres brigando feio no mercado da rue Mignet.

Depois que passam por Luynes, o olhar procura nas encostas a mancha das oliveiras, os quadrados de pousio afogados em papoulas. Não estão mais lá.

A cada viagem, ele tem a impressão de que mudaram a paisagem, em pequenos retoques, quando estava de costas. Essa videira arrancada, agora, esse trigo por toda parte. As casinhas de campo em ruínas, ali onde as pessoas se contentavam com um pedaço de terra debaixo das parreiras, mais algumas ovelhas.

Então, quando o trem volta a apitar, ele murcha no assento, quase envergonhado por incomodar.

É que estão passando ruidosamente pelo campo com o tinido do aço da locomotiva, esse cortejo de fumaça. Ao redor deles as folhas voam, o sopro dos vagões esmaga a bruma das gramíneas.

Na casa de Gabet, outro dia, um camponês havia entrado. Vinha da viúva Berthet e acabava de comprar fosfatos. Uma sacola grande com a estampa de Saint-Gobain em que ele batia com a ponta do tamanco enquanto falava.

Preferia as queimadas ou o estrume dos animais, mas o mestre não lhe dava mais escolha.

Essas "químicas" forçavam a terra e deixavam o trigo mais alto, mas o tornavam frágil.

– Como se ele tivesse perdido os ossos – dizia o homem – e continuasse criança.

E é isso o que ele vê entre Gardanne e Simiane: campos "empanturrados de pastilhas", mas carregando uma espécie de torpor antes da espiga. Um trigo que cresceu só por crescer e que não sabe contar a história da terra onde cresce. Já não se adivinha o calcário, nem essas poças no barro que esverdeiam o caule no início do verão.

Ele pega sua revista.
Um desenho a carvão ilustra a corrida do ouro, tema de um poema de Charles Fuster, um suíço de quem Gasquet lhe falou.

> *Ele se embriaga desse ouro selvagem,*
> *Dele se empanturra como do leite*
> *A água o queima, ele quebra as pedras,*
> *O ouro explode em suas pálpebras*
> *O deslumbramento o atordoa.*

Paul suspira, fecha a revista.
E como que para lavar a mente com uma taça de bom vinho, recita em sua barba alguns versos desse poema de Baudelaire que tanto ama:

> *– Pois hás de ser como essa coisa apodrecida,*
>   *Essa medonha corrupção,*
>   *Estrela de meus olhos, sol da minha vida,*
>   *Tu, meu anjo e minha paixão!*[1]

---

[1] [N. T.] Tradução de Ivan Junqueira (BAUDELAIRE, Charles. *As flores do mal*. Rio de Janeiro: Nova Fronteira, 1985).

6

– O doutor Robuchot ainda não chegou – repete a criada após cada toque da campainha.

Faz mais de duas horas que Paul está esperando por ele.

– É o fim dos meus pigmentos na loja de Vacquier. E até das garotas... Bem, veremos.

Mais cedo, no Porto Velho, ele cruzou com amarradoras, vindas da região de Gavot para a colheita. Sentia-se que era a primeira vez que descobriam a cidade, porque andavam em grupos e não se largavam.

Debruçadas sobre as armadilhas, perguntavam ao pescador os nomes dos peixes. Cabelos volumosos, apertados sob a touca, o xale amarrado no peito, as saias como sinos de campânulas, que elas balançavam, jogavam para cima, o caranguejo seguro entre dois dedos, na ponta de um braço longo e macio...

Às vezes, seus olhos capturam esplendores, um detalhe deixado como um enigma, que depois destrincham em momentos de devaneio.

Apertado entre dois assentos, Paul volta a ver o sulco marrom percebido há pouco na nuca da moça. Esse caminho delicado que se escavava sob a renda, todo salpicado de cachos e cabelos nascendo.

Finalmente Robuchot aparece, gritando um nome com alarde. Com passinhos constrangidos, uma criança passa diante dele com sua babá. O médico bate a porta atrás deles.

Paul enrijece. O homem não parece amigável. Podem auscultá-lo, se for preciso, mas não permitirá que fiquem mexendo nas suas pálpebras, como o amigo Pissarro.

Um dia, estavam pintando as mós, perto de Pontoise, quando Pissarro desapareceu, deixando por ali a tela e a paleta. Paul procurou por ele no bistrô, depois correu para a beira do rio, porque fazia calor, e o velho pintor às vezes gostava de fumar cachimbo com os pés na água.

Em vez disso, encontrou-o em casa, atravessado num divã, num quarto escuro, as cortinas fechadas.

As sandálias ainda nos pés, o corpo maciço parecia recolhido naquele pedaço de travesseiro para ouvir escorrerem as lágrimas que gotejavam até a barba.

– Estou descansando – disse o mestre.

Naquele ano, Pissarro passou o verão atrás das venezianas fechadas, esperando todos os dias que as rolinhas viessem lhe anunciar o crepúsculo. Então ele ia caminhar pela alameda antes de anoitecer.

Foi ele, no entanto, quem tirou Cézanne do ateliê para que ele fosse desenhar as árvores sentado à sua sombra, respirar junto com aquilo que pintava.

Todas as vezes em que pensa em Pissarro, algo nele se enternece. Ele revê aqueles momentos em que conversavam de uma tela para outra, plantados durante horas no mesmo campo, sem pronunciar uma única palavra.

Saíam, com os tubos de tinta e as paletas, percorrendo os bosques e o campo com a secreta ambição de despertar o olhar, de captar sensações.

Por uma espécie de instinto, eles haviam entendido – sem chegar, na verdade, a formular isso – que o que as pessoas chamavam de "natureza", na época, não era mais realmente pintado. O mundo não tinha mais testemunhas.

"A arte da paisagem" se praticava ao abrigo, sob o teto dos homens, nas academias de pintura, à luz dos lustres suspensos. Ali, o bosque e a clareira eram habilmente reconstituídos, segundo as técnicas dos antigos. Não se colocava o pincel na tela sem ter antes assimilado um arsenal de regras, perspectivas, e aquela tirania dos claros-escuros, que demandava que se pusesse sob cada toque de luz a sombra exata que lhe correspondia.

A pintura se tornara essa gramática, disposta como uma sentinela diante do mundo, em que a árvore já não existia em sua manifestação, mas sim como um personagem secundário, o elemento de uma decoração bem pensada em que o homem desempenhava o papel principal...

Nessas paisagens reinventadas entre quatro paredes, o campo empalhado tinha uma textura opaca, não cantava mais.

Não se pintavam os homens dessa época – não mais do que se pintavam as árvores, as montanhas, os rochedos – tais como viviam, então, sob o mesmo céu. Pelo menos aqueles com os quais se cruzava na rua, ou que trabalhavam no campo.

Era, no fundo, um reflexo bizarro do mundo aquele que se dava a ver naquelas exposições. Quem esperasse algo delas saía dos salões ainda mais sozinho, pois nada havia encontrado. Nada que o tivesse surpreendido, nada que houvesse despertado nele desejo, admiração ou raiva. Nada que tivesse alimentado aquela parte instintiva e selvagem que tinha em si. Nada que o tornasse vivo.

No fundo, era tão simples, pensavam Pissarro e Cézanne: ir pintar a árvore estando com a árvore, estabelecer relações. Sentados nos bosques, em frente aos campos arados, eles absorviam a luz do modo como ela se apresentava, maravilhados ao descobrir aquelas manchas musicais, audaciosas.

Passaram a pintar experiências, renovando os laços familiares e íntimos com aqueles recantos da terra que já não eram mais olhados.

Nossos dois obstinados vendiam pouco. Que um bosque de pinheiros, o corpo de uma mulher ou o retrato de um camponês pudessem ser oportunidade para uma experiência interior, para provocar um "excesso de visão", parecia tão inconcebível que as portas dos salões se fechavam para aqueles que pintavam desse modo, julgando suas telas indignas de serem mostradas.

Mas a vida estava lá fora. Por toda parte espalhada no simples. Ao alcance da mão. Nada poderia impedi-los de sair, fizesse o tempo que fizesse, por mais desconhecidos que fossem.

Procuravam sobretudo a expressão de um outro discurso, de uma palavra, de uma cor, de um contato que os nossos pintores tentavam humildemente transcrever: somente ali onde "aquilo" tinha acontecido.

Um desafio que eles aceitavam, no entanto, cada um estimulado pela audácia do outro, espiando-se entre duas pinceladas.

Não suspeitamos até que ponto o mundo já sufocava, na época, com aquilo que o asfixia hoje. Porque há, no fundo, uma grande violência em separar o homem dessa terra viva, onde ele se infunde desde sempre e sem a qual não pode realmente se conhecer, encontrar-se consigo mesmo.

Nossos sentidos já atrofiavam, relegados a secundar esse espírito todo-poderoso que se removia do vivo como se tivesse outra ascendência, e para quem essa "natureza", que só conhecia por ouvir falar, resumia-se aos chifres de veado pendurados na sala de estar.

Pissarro, o velho mestre, havia lhe transmitido a postura; levava consigo suas raízes, plantava-se, mal chegando diante do tema da pintura, germinava, desaparecia no campo.

De tanto ver, imita-se. Então, ao imitar, compreende-se. A paciência pela paciência, feito um pedaço de argila que se deixa amassar e não pede nada.

Como naquelas manhãs em que ele o descobria encharcado de garoa, esperando havia horas aquelas frestas de nuvens por onde o sol metia um dedo e abria a escala das luzes, estendidas até o horizonte.

Com ele aprendeu como o instante amadurece e que a colheita de uma clareira é semeada com horas de antecedência, sem nenhuma certeza. Parado de pé no frio.

A doença o pegou de surpresa enquanto ele pintava na umidade e no vento. Dacriocistite.

Ele tinha seu oculista, mas recusava a operação, concordando em usar a venda, os óculos de armação meio aro. Ou chorando pus até que fizessem uma incisão. Mas nada além disso, jamais.

Pissarro não reclamava. Só seus olhos importavam, os olhos que governavam o ritmo do trabalho. Às vezes, era possível vê-lo remexer no bolso a fim de tirar dali o colírio e se curvar, a barriga para cima numa estranha contorção em que dois dedos grossos e manchados de tinta tateavam em busca da pálpebra.

Ao longo dos anos, a doença o obrigou a bater em retirada. Condenado a pintar atrás da vidraça para evitar o vento, ele alugava águas-furtadas em Paris para tentar reencontrar suas perspectivas de Louveciennes, onde cada árvore tinha suas contorções e seus vultos, sem se assemelhar a nenhuma outra, assim como os rostos na rua.

Tudo lhe convinha, desde que houvesse um céu para iluminar os paralelepípedos, ou cobri-los com um riacho.

Rue Drouot, avenue de l'Opéra, rue de Rivoli ou place Dauphine, quando vinha a Paris, Paul subia as escadas em caracol para se juntar ao velho mestre nos sótãos, para contemplar os panoramas, ao lado dos pombos.

– É possível fazer coisas tão bonitas com tão pouco – extasiava-se Pissarro. – Uma praça, uma rua, alguns telhados...

Cézanne, lacrimejante como estava, sentia-se incapaz de aplicar uma pincelada que não fosse inspirada pelas transparências do intervalo, pousada no rebordo de um vento, sua Montanha se projetando sobre tudo.

Agora ele se inquieta. Convencido de que tem uma doença sem cura, incapaz de enfrentar o que vão lhe anunciar, Cézanne transpira, enxuga a testa.

Mas agora a porta se abre, é a sua vez de entrar...

7

Encontrar as palavras, primeiro, uma elocução fluida. Livrar-se dessa confusão que atola suas frases num gaguejar obscuro.

É preciso dizer que o outro diante dele não está ajudando. Tem pressa, isso se percebe.

Paul tenta explicar – sem contar, claro, a noite da formiga-leão. Então atenua as coisas, permanece evasivo. E o médico não entende nada, impacienta-se enquanto lustra as lentes dos óculos.

– Para dizer a verdade, eu sinto meus olhos queimarem, eles estão injetados de sangue. O doutor Lantignac, que também consulto, me falou de um diabetes que, segundo ele, pode explicar muita coisa.

– Bem, vamos ver – diz o oculista.

Ele espera que Cézanne relaxe e, como isso não acontece, agarra-o pelo ombro. O pintor resiste, empurra a cadeira para trás, pronto para morder.

– Ah, mas fique quieto, céus! Caso contrário, vou mandar amarrar o senhor! Tenho correias aí atrás, no assento, pode verificar...

Então aparece a criada, uma moça magricela que parecia à espreita atrás da porta e que se aproxima trotando, as mãos na frente.

– Mariette, fique atrás dele e segure a sua cabeça para que eu possa olhar.

– Eu não quero que toquem em mim! – diz Paul, subitamente dócil.

– Então não se mexa. Pronto... não vai doer. Abra os olhos, por favor. Assim: diante da lente... eu ilumino... e pronto... Permite que eu estique a pálpebra? Gostaria de olhar por baixo.

Ele agora não é mais do que um pedaço de carne mole. E prendendo a respiração, evitando pensar.

– O senhor é pintor, não é? Engraçado, tem a cor da pele de um camponês...

– É porque pinto ao ar livre...

– Mesmo? Sob o sol, então?
– Faça o tempo que fizer...
– Tem enxaquecas?
– Sim, pode acontecer, mas sofro principalmente de ofuscamentos.
– Ofuscamentos estrelados... ou com halos, às vezes?
– Não, clarões fulgurantes que mordem meus olhos e me cegam por um momento.
– Ah... e quanto tempo faz que sente isso?
– Não sei. Em momentos como esses eu não penso em contar.
– E depois tudo volta ao normal?
– Sim. Mas isso me inquieta muito. Para falar a verdade, temo que me deixe cego...
– Que ideia bizarra! O senhor consegue distinguir os azuis dos pretos?
– Felizmente, senão eu não teria esse ofício...
– E os cinzas?
– Os cinzas são importantes para mim...
– Então pode vê-los...
– E como eu os uso...

Esses ofuscamentos confundem o doutor Robuchot.
Ele havia começado supondo uma conjuntivite irritativa devido ao sol e favorecida pelo diabetes, e agora está se inclinando para um início de catarata. Mas as manchas opacas, quase imperceptíveis, não parecem fixas. Poderiam corresponder a depósitos resultantes de uma irritação mais antiga...
O diagnóstico não é simples, e o doutor Robuchot, que conheceu o Cézanne pai, que encontrou a filha e agora descobre o filho, não é homem de se perturbar.
– O senhor às vezes vai trabalhar em Paris, sua irmã me disse...
– Sim, por quê? O que eu tenho?
– Nada de grave. Eu só gostaria de confirmar o meu diagnóstico pedindo a opinião de um colega...

– O senhor disse que não é grave. Então, por que me mandar a Paris? Estou muito bem aqui...

– Para curá-lo, senhor Cézanne...

– Porque é curável?

– Claro...

– O senhor não está me dizendo bobagens, está?

– Não, realmente não é grave, eu garanto. Só gostaria de ter certeza de que esses ofuscamentos não se devem ao aparecimento de uma catarata. Existem algumas opacidades no seu cristalino...

"O homem a quem envio o senhor é um eminente especialista em catarata. Barthélemy Racine. Já deve ter ouvido falar dele, ele é o inventor da Hirudina: um aparelho que revolucionou a cirurgia ocular em sua época.

"A ideia é simples, mas extremamente astuciosa: equipado com uma pequena bomba, o dispositivo ajuda o cirurgião a extrair o cristalino sem a pressão manual, tão prejudicial à córnea.

"Uma pequena incisão e nosso cristalino sai como um caracol de sua concha..."

Foi a palavra "opacidade" que primeiro o convenceu. Uma verdadeira revelação.

Ele não escuta mais, o pintor, de tão óbvia que lhe parece a explicação, reavivando a lembrança de sua impotência, todas aquelas telas deixadas no mato, dilaceradas à faca.

Sim, é isso: ele sofre de "opacidade". Algo entrou em seus olhos e uma simples aspiração pode removê-lo. O tragar de uma ventosa e pronto: a cortina se abre diante de um olho limpo, que sabe traduzir as luzes, cobrir a tela com manchas precisas como notas musicais... E a obra por fim realizada!

– Eu estava pensando em talvez ir a Paris em breve...

– Ah, veja só! Será a oportunidade de encontrar esse médico. Aqui está o endereço. Sente-se aí, por favor, enquanto escrevo a ele um bilhete anunciando a sua visita. Ele deve estar um pouco velho, agora, mas tem a mão muito firme, o senhor vai ver.

– Muito obrigado...

– Chama-se Barthélemy Racine. Mora na rue du Cygne. Se bem me lembro, é perto do bairro de Les Halles. Tome, aqui está a carta. Poste-a o quanto antes.

"Lembro-me também de que ele escreveu um livro, há uns bons 20 anos. Descreve a máquina, o modo de realizar a operação. Também encontramos ali alguns estudos de caso muito interessantes, que levam a uma teoria do olhar, vou lhe dizer, bastante controversa... Se o senhor estiver interessado, acho que ainda tenho um exemplar..."

Cézanne faz que sim.

– Aqui está. Devolva quando possível.

Robuchot lhe entrega um livro de couro vermelho, sem douramento ou florões:

O OLHAR NOVO
Barthélemy Racine
(*Ex-residente do Departamento de Oftalmologia do Hospital Saint-Antoine*)

Cézanne coloca o livro em sua bolsa, ao lado da velha caixa de carvão.

Mal sai à rua, sem sequer pensar nos seus tubos de tinta, nem nas suas mocinhas, volta à estação de Saint-Charles a fim de comprar os bilhetes para Paris.

ato II
O olhar novo

1

Órfão de mãe, Barthélemy Racine cresce em Paris com o pai médico, perto da Bastilha, num asilo para cegos. Ali vive uma humanidade discreta, vestida com longas sobrecasacas cinzentas com botões dourados, estampados com flores-de-lis.

Duas vezes por dia, os cegos saem das oficinas de manufatura. É possível vê-los atravessando o pátio, um atrás do outro, para caminhar até os refeitórios, caneca na mão.

São meticulosos, e outrora se debruçavam todo o dia sobre a pérola, sobre o ouro fino: joalheiros, chapeleiros, relojoeiros. Mas também há sifilíticos, melancólicos, ex-soldados... Todos viram seus olhos estiolados pela doença, pelo luto, sob um toco de vela. Ou despedaçados por uma súbita explosão de pólvora.

O asilo está, como qualquer outro lugar, sujeito à aristocracia da luz. Os que enxergam, sem que tenham consciência, gozam de todos os direitos. Oprimidos pelas freiras, que veem a cegueira como efeito de uma punição divina, os cegos decidiram abaixar a cabeça e o tom da voz.

É para junto deles, contudo, que Barthélemy costuma fugir, enganando a vigilância das criadas. Para eles, corre a apanhar a moeda que caiu entre duas pedras. Gosta de ouvi-los falar.

Eles não se queixam. Alguns sentem uma grande satisfação em contar sua vida de antes, sabendo reconstituir momentos tão vívidos que os outros fazem que sim com a cabeça, como se também os tivessem vivido.

Aqui, todas as tardes, na hora do crepúsculo, o pequeno mundo de azulejos iluminados só tem diante de si janelas escuras por onde às vezes passam fantasmas.

Aprender a ler para o menino é trazer os olhos para casa e fazê-los entrar na página, guardá-los entre suas mãos. Mas aqueles que lhe mostram, aqueles que enxergam nos livros melhor do que ninguém, peritos na arte de atar cadarços, de descascar uma pera com garfo e faca – o pai, as freiras ou os outros –, quando por vezes voltam os olhos para ele, o menino sempre se sente distante demais.

No grande corredor que atravessa cada piso do edifício, existem duas correntes de circulação: a que transita por baixo dos candeeiros, em meio aos tapetes, por onde passam o administrador, os agentes de saúde com as enfermeiras, as freiras que cuidam das portas. E as valas de penumbra, por onde vão os cegos.

Povoados por respirações e lentidão, esses canais são rentes às paredes. Entra-se ali como se através de uma cortina. O menino gosta de mergulhar nesse fluxo de passos e tepidez, carregado delicadamente entre duas sobrecasacas, um braço em seu ombro, para sair mais longe, ao lado de um cachorro velho.

Nesses caminhos sombrios, de pés arrastados, de dedos esbranquiçados pelo salitre, Barthélemy pensa às vezes na mãe, que morreu ao lhe dar a vida. Como era o seu rosto? Ele não tem memória, não tem imagem. Tudo desapareceu com ela. Só resta um nome, Ida, que o pai não pronuncia mais.

Às vezes ele pode senti-la, sentada ao seu lado na cozinha. Ela está no desgaste de cada degrau, na suavidade da rampa, no resplendor das tulipas. Nos dias de febre, ela é a mão fresca sobre sua testa. Ida está em toda parte. O silêncio e a omissão tornam os mortos mais presentes. Eles não conseguem ir embora. Obstinam-se. Fustigam a memória dos vivos até sentirem que ao menos deixaram vestígios. Que viveram um pouco.

Com o tempo, as criadas se cansam de correr atrás dele e Barthélemy passa para o lado dos azulejos escuros, indo morar com os cegos. Seu pai quase o esqueceu. Casou-se novamente e agora mora na cidade, indo até o asilo somente para consultas.

O menino dorme com a velha Marta, uma cega silenciosa cuja cabeça muito frágil usa sempre o mesmo chapéu.

Ela mora no sótão, um espaço enorme que cobre o segundo prédio com um céu de estruturas perfuradas por algumas claraboias. Uma ondulação de lençóis esticados delimita os quartos. Às vezes, a divisória se infla com um cotovelo, afunda com a ponta de um pé e todo o sótão balança lentamente como uma teia de aranha.

Muitos clandestinos também habitam esse purgatório sob o teto aonde aqueles que enxergam jamais vão.

De manhã cedo, Barthélemy os vê indo embora furtivamente: tocadores de órgão, de bandolim, os que exibem animais decorados com guizos, macacos e marmotas, e com eles mendigos arrastando a perna, correndo atrás de absinto, de sopa de pedra, de cafés ao ar livre.

Em seguida, o sótão acorda. As mãos desenham um rosto, enquanto de quatro, debaixo das camas, Barthélemy ajuda a encontrar o tamanco, depois amarrar um avental ou prender um coque.

Quando todos se vão, o menino apanha a boneca, pendura uma cortina, vagando por esse país sem espelho, onde as luzes parecem mais desenvoltas. Percorrendo os corredores de tecido, descobre também algumas obsessões pessoais: o aquecedor embaixo do travesseiro, o cachimbo plantado no estofo de uma cadeira, fetiches e talismãs pendurados em cima da cama.

É ternura o que sente por eles? Parece que tudo o que tocam ainda carrega uma pátina, um lume ínfimo, como o brilho na parte da casca em que a galinha chocou.

Iluminado aqui e ali por claraboias, o sótão é banhado por uma sombra delicada, um veludo palpitante de odores – maçãs murchas, leite azedo, cinzas quentes e suor.

Ao invés de diminuir, a realidade, em contato com os cegos, é amplificada, parecendo-lhe também mais misteriosa.

Lá embaixo, o corpo quase não existe para os que enxergam, e parece ganhar vida só a partir do pescoço, o resto se mantendo rígido sob os peitilhos e espartilhos.

Forçado pela cegueira a se voltar a si mesmo, o cego acampa no húmus do homem: o solo de suas vivências e de suas sensações, apreendendo também o mundo, para além de suas mãos estendidas, pela bochecha, pela língua, às vezes enfiando nele o nariz.

Essa capacidade de conhecer por meio da pele, de olhar por meio da palavra, de penetrar em cada coisa até o fundo, ninguém parece notá-lo entre as enfermeiras e os médicos.

A esses, o menino gostaria de explicar como os cegos têm percepções corretas, às vezes surpreendentemente precisas. Se eles se dessem ao trabalho de escutá-lo, poderia lhes contar, por exemplo, como o cego Henri Lemaître sabe, só de tocar nas paredes de sua casa, se a família já voltou.

Ou como a velha Marta o chama pelo nome, logo que ele aparece no grande refeitório, e sem que ele tenha dito uma única palavra...

Várias vezes ao dia, a criança passa assim dos candeeiros às sombras. Daquelas salas amplas, onde o branco para na beira das mesas, amarrado na cintura, apertado embaixo do queixo. A essas fileiras de cabides, às antecâmaras do olhar, onde os uniformes são pendurados todas as noites.

Ele encontrou no sótão uma espécie de segunda família que ajuda à noite com esses curiosos ofícios que os cegos tiveram que inventar para sobreviver, preparando toras para as máquinas ou marcando na madrepérola onde colocar os pinos para furar os botões.

Com os antigos relojoeiros, ele aprende a consertar relógios.

Também gosta de escrever as "mensagens da sorte": pequenos papéis com inscrições sobre o futuro que enrolam dentro de conchas douradas, presas com uma fita, e que os mendigos sabem vender às operárias.

Depois das aulas do preceptor, dos sermões do abade Moustier, da esperança mais uma vez frustrada de ver o pai – após esperá-lo por mais de uma hora sentado em frente à porta de seu consultório – ele vai pegar suas roupas na lavanderia e sobe para o sótão.

Tricotando no escuro junto ao fogão onde ferve uma sopa, a velha Marta logo adivinha quem a chama baixinho.

Assim que ele se aproxima, ela larga o trabalho, estende para ele seus dedos compridos.

Ao se sentir assim acariciado vêm a ele algumas palavras, às vezes lágrimas, frases gaguejadas.

Por quanto tempo ela fala assim com ele, sem pronunciar uma única palavra, apenas com as pontas dos dedos?

Quando ela retira as mãos, ele continua perdido em seus pensamentos, a cabeça ainda apoiada nos joelhos. Mas com a alma limpa, leve como uma pluma.

2

A ideia lhe ocorre no sótão, em torno dessa grande mesa onde partilham a sopa.

– Um dia vou curar os olhos de vocês!

E todos acreditam nele.

As chances são muito pequenas, contudo, de que aqueles que o ouvem nesse dia ainda estejam vivos quando ele se tornar médico.

Mas a partir dali ele se torna o "pequeno doutor Racine", e alguns lhe pedem que aplique os colírios, que troque os curativos.

Vinte anos depois, quando, aprovado em medicina, ele se matricular nas aulas de oftalmologia do doutor Laube no Hospital Saint-Antoine, ainda terá a impressão de ouvi-los, Alphonse Chapelier, a velha Marta e todos os outros.

E eles estão bem contentes.

Alsaciano apaixonado pela entomologia, Ralph Laube é sobretudo um dos melhores cirurgiões de Paris. Uma amizade nasceu entre professor e aluno.

Duas vezes por semana, Barthélemy o auxilia no dispensário que o professor abriu na rue de l'Observance, para consultas gratuitas de oftalmologia, para onde afluem os indigentes.

Ainda inexperiente, o jovem médico se contenta em colocar as sanguessugas no canto dos olhos e preparar os colírios.

Armado com uma lupa, ele às vezes abaixa as pálpebras, inspeciona as conjuntivas.

– Nunca se esqueça do seu paciente – o doutor Laube lhe diz com frequência. – O homem está sentado à sua frente e você mal fala com ele, apenas fita seus olhos.

É verdade que, no início, Barthélemy Racine vê a oftalmologia como uma exploração. Quando aproxima a lâmpada de um globo ocular, tem a impressão de ser aspirado para dentro de um espaço membranoso e líquido que com frequência o atordoa.

Se às vezes traz da viagem um diagnóstico, jamais tem a sensação de desvendar o menor segredo.

Esse globo de sete gramas continua sendo uma região inexplorada para ele. O nariz enterrado nos livros, no microscópio ou nas salas de dissecção, tenta mapeá-lo, aprender o jargão.

À noite, volta para casa com a mente nublada pelo estudo, adormecendo em paisagens de tirar o fôlego, onde as carúnculas se erguem como ilhotas para formar uma barreira às lágrimas.

Barthélemy Racine aluga um quarto na rue Soufflot, no último andar de um prédio deteriorado, onde as pessoas se encontram no pátio ao redor do poço, embaixo da roupa pendurada para secar.

Ali há lavadeiras, uma fábrica de sombrinhas, um funileiro e até um pastor, que passeia com suas três cabras pelos mercados.

O tilintar do martelo, o canto das mulheres, as crianças correndo pelas escadas: esses ruídos o conservam no mundo quando ele desaparece no estudo. Ama cada membro dessa tribo heterogênea, unida por um único teto, amalgamada como uma família.

Mais tarde, vai se arrepender de tê-los conhecido tão pouco.

As explorações de Barthélemy Racine assumem uma dimensão totalmente nova quando o doutor Laube compra para o dispensário esse aparelhinho que revoluciona o mundo dos oculistas: o oftalmoscópio.

Inventada por um alemão, a máquina permite finalmente descobrir o fundo dos olhos.

Até então, o olho era aquela poça brilhante em que ninguém ousava mergulhar, ou apenas com o bisturi e a pinça nas salas de dissecção. Enquanto a máquina, por sua vez, faz uso da luz para examinar um olhar vivo.

O truque consiste em direcionar sobre a pupila um feixe luminoso desviado por um espelho, por meio do qual o médico pode observar o olho do paciente como bem entender.

A perspectiva de penetrar na intimidade do olho perturba tanto o jovem estudante que ele nada distingue da primeira vez, cometendo o erro de observar o olho em si e não o reflexo que se forma no foco da lupa.

Pela abertura da pupila, tendo passado o cristalino, atravessado o humor vítreo, ele vê finalmente o fundo do olho: uma parede púrpura desdobrada numa estrutura de árvore sobre uma madrugada de primeira manhã do mundo, onde um sol parece esperar por trás dos véus a permissão para entrar.

As imagens se refletem no fundo da caverna: a retina.

Se agora sabem como chegar até lá, ninguém é capaz de entender com precisão o que acontece ali. A oftalmologia da época ainda não sabe explicar o fenômeno da visão. Claro, suspeitam que o cérebro desempenhe um papel, mas ninguém foi capaz de prová-lo.

– Descrever, ah, isso temos condições de fazer – costuma dizer o doutor Laube – mas a verdadeira ciência só existe quando sabemos explicar!

O fato de o funcionamento do olhar ainda permanecer um enigma encanta o aluno. Ele não tem pressa em entender.

Sentado diante do oftalmoscópio, contempla essa alcova um tanto sombreada, como aquelas capelinhas ao redor do coro das catedrais, onde se acendem as velas.

Para chegar até aqui, ele mergulhou no coração da pupila, percorreu uma variedade incrível de tecidos e materiais, túnicas reticuladas, veludos, cápsulas translúcidas.

Há tanta beleza e perfeição nesse pequeno órgão que ele sente existir uma desproporção entre esse instrumento de extremo requinte, afinado por um virtuose, e nosso modo de conhecê-lo e também de utilizá-lo.

Porque o olho não existe só para ler o jornal, ou para acompanhar o gesto, ele tem certeza disso. O instrumento é por demais sublime. Mas existe um único homem neste mundo capaz de tocá-lo?

3

De todas as partes do olho, a que mais fascina Barthélemy Racine é esse pequeno grão translúcido de apenas um centímetro chamado cristalino. É por isso que fez dele o tema da sua tese.

Como o doutor Laube observou com sua *Fisiologia do cristalino* – não sem certa ironia –, permanecemos no descritivo, não é graças a ele que a oftalmologia há de se tornar uma ciência.

– Não tenho alma de pesquisador – responde o jovem médico. – Seguir o caminho da luz me basta.

Estudar o olho é fazer o inventário das transparências: descobrir como os principais tecidos do corpo – todos aqui representados e naturalmente opacos – se metamorfoseiam ao longo da evolução, descartando tudo o que possa obstruir o campo da visão ao mesmo tempo que se tornam absolutamente translúcidos. Uma conspiração da luz, que toda membrana agora se empenha em acolher e transportar intacta até o fundo do globo ocular, na retina, onde a tela se encontra estendida.

O cristalino é o exemplo perfeito – desprovido de veias, de nervos, com células desprovidas de núcleos –, empanturrado apenas de luz...

Há tanta exatidão e poesia nesse arranjo de túnicas, folículos, líquidos e humores que Barthélemy sente a mesma gratidão diante de seu microscópio que experimenta quando vai ouvir concertos em Saint-Eustache.

O olho parece uma música erudita, construída em etapas, alternando cápsulas d'água e membranas, que vibram juntas em nome da clareza.

Seus espantos, seus fascínios e as questões que suscitam continuam sendo prazeres clandestinos, alheios ao rigor de uma descrição científica.

O aluno lamenta o pragmatismo dessa ciência que descreve a íris como um "músculo em forma de anel com função de esfíncter", quando fica tão extasiado diante dessa explosão de feixes coloridos, todos esses azuis cintilantes, esses marrons sedosos, esses vermelhos dourados, irradiando ao redor da pupila e que ele vê reluzir sob sua lupa.

Por que a íris de cada pessoa é tão diferente? O que faz a natureza se esforçar para inventar em cada olho esses pontos de cor únicos e inimitáveis?

Todas essas questões – inúteis para a ciência – acompanham-no, contudo.

O olho não apenas confere a visão, mas também traz em si a vantagem de uma beleza gratuita. E que parece desprovida de função.

Às vezes, na solidão de seu quarto de estudante, Barthélemy caminha até o espelho. O que vê? Um jovem um tanto pálido com óculos redondos, um pescoço comprido demais.

Adoraria ir àqueles bailes estudantis aos quais as operárias também vão. Muitas vezes ele se veste. Então, quando chega a hora de sair, volta a se sentar, relê suas anotações. Mais uma vez, não sai.

Por que participar de danças se ao sair vai encontrar aqueles homens sentados na calçada?

A partir do momento em que se veem desempregados, não há mais lugar para eles na cidade. É o que descobrem, horrorizados. Onde quer que estejam, amontoam-se. Encostados a uma parede, podem ser vistos embaralhando cartas, jogando dados, enquanto seus olhos vagueiam exasperados como uma fogueira feita de gravetos.

Tanto que Barthélemy Racine volta a mergulhar nos estudos.

O olho tornou-se essa cripta silenciosa onde a cidade não entra quando, debruçado sobre o microscópio, ele estuda essa pequena lupa, pouco maior que uma gota d'água.

O que o cristalino tem de diferente das outras membranas? Ele dança! Nesse reino de transparências, a pequena cápsula oval é a única que se move.

O dançarino se agita para ajustar a nitidez da imagem, retido por fibras elásticas que o esticam e contraem conforme a distância dos objetos. Uma lupa viva capaz de passar dos caracteres estreitos de uma linha de escrita ao pássaro vislumbrado na praça.

A medicina chama esse fenômeno de "acomodação". E desta vez a palavra lhe convém.

Se ainda não é possível explicar o funcionamento do olhar, já se compreende melhor a história de sua evolução. Barthélemy leu a *Filosofia zoológica*, de Lamarck, e passa muito tempo nas coleções de invertebrados do Museu de Paris.

Novas conexões entre a medicina e a paleontologia fazem do corpo humano uma testemunha desse passado distante, na medida em que ele ainda traz em si os vestígios de antigas metamorfoses, enterradas como fósseis em seus órgãos, e que também falam da terra, do início da vida.

Ao abordar desse modo as coisas, às vezes é possível se apaixonar. E o espírito multiplica as investigações, infunde-se em todo o tipo de pergunta com o único pretexto de se manter em contato com aquilo que tanto o fascina.

Ao descobrir que o cristalino remonta às origens do mundo, como a retina, como tudo o que no olho se assemelha a uma membrana, pois tudo começou com a pele, Barthélemy Racine constrói uma mitologia intrépida, uma grande epopeia do olhar, e todas as manhãs desce para contá-la, como se fosse um folhetim, às jovens lavadeiras do primeiro andar...

Sentado entre as pilhas de camisas e os ferros de passar roupa, ele as arrasta para dentro desse oceano sem limites que foi a terra dos primeiros tempos: banho de promessas onde oscila o antepassado do cristalino, minúsculo e informe, magnetizado pelo sol que o nutre e lhe dá vida.

Elas ficam tão comovidas quanto Barthélemy quando ele lhes explica que o tato foi sem dúvida o primeiro de todos os sentidos, que o olhar foi antes de tudo essa capacidade de receber arrebatadamente a luz, de sentir seu calor, embeber-se dela. Que ver significou, antes de tudo, ser tocado?

Será que elas conseguem acompanhar as tribulações dessa pequena pele que, sabendo agora separar o dia da noite, aprende a distinguir os primeiros movimentos?

Por fim as águas baixam na lavanderia. As primeiras montanhas aparecem. Nossas pequenas membranas, que só esperavam por isso, começam a inventar formas para si mesmas, desenvolver outros sentidos, polir as escamas, a garra e a pena, conforme o mundo se diversifica.

– Porque tudo caminha junto, no mesmo ritmo: como cada região tem suas toucas, seus trajes, cada pedaço de campo, deserto, pântano ou floresta se veste de árvores e animais à sua medida. Como se fossem variadas maneiras de respirar ali. Variados enfeites.

Elas caem na gargalhada, as moças, quando ele exibe essas gravuras diante delas: o olho facetado da mosca, as protuberâncias do camaleão, o tentáculo retrátil do caracol, a dilatação vítrea do olho do peixe; elas não querem acreditar que todos esses olhos descendem de um simples pedacinho de pele flutuando num mar adormecido. Por mais que ele insista, elas protestam, jogam roupa em seu rosto, empurram-no para dentro de um cesto, dando voltas ao seu redor.

Não, elas não acreditam.

Frequentar com assiduidade as lavadeiras do primeiro andar despertou no jovem pesquisador uma nova pergunta: "De onde vem a expressão do olhar?".

Ele pensa nos olhos de Marion, nos quais tantas vezes lê uma ironia zombeteira. Mas também pensa nessa abundância de pupilas intrigadas, exaustas, amorosas ou ausentes que coleta todas as manhãs naqueles que encontra em Paris.

Esses olhos transmitem tantas mensagens, emoções... Mas como? Que parte do olho permite tal prodígio?

Porque se a íris é a porta da luz, tudo é transparente depois dela. Por mais escura que possa parecer, a pupila é apenas o reflexo do fundo do olho.

Como essa lupa flácida pode suscitar nos olhos expressões tão profundas e tocantes?

Essa questão, que a ciência nunca abordou, assombra Barthélemy Racine durante semanas, até que ele descobre que tudo vem do cristalino, mais uma vez! É a vitalidade da pequena cápsula que torna o olhar expressivo, dando à transparência "o dinamismo imperceptível que traduz o homem e aquece o seu olhar ao mesmo tempo".

A ideia entusiasma de tal modo o jovem médico que ele corre para contar ao seu mestre. Febril, eloquente, explica-lhe que "a acomodação" é muito mais do que o ajuste da nitidez.

– Ao traduzir o mundo para o homem, o cristalino abre essa janelinha por onde a alma pode vir se mostrar...

– Cuidado com esses arrebatamentos – retruca seu mestre. – Um bom oftalmologista deve manter os olhos frios.

4

Acreditando que chegou a hora de Barthélemy Racine começar a praticar a cirurgia ocular, o doutor Laube o convida à sua casa aos domingos para caçar insetos.

– A entomologia é uma escola de meticulosidade, vai educar suas mãos.

Armados com uma rede, eles percorrem os campos de canabrás ao redor da casa do velho cirurgião.

Caçam especialmente os crisídeos, também chamados de "vespas douradas" ou "vaga-lumes" pelo pó dourado salpicado sobre seu tórax esmeralda iridescente, seu abdômen rubi ou, às vezes, rosa fúcsia. O alsaciano fez disso um passatempo, tendo iniciado uma coleção há mais de 20 anos.

Não ultrapassando um centímetro, esses himenópteros extremamente ágeis se enrolam como pérolas ao menor perigo. Também são encontrados perto de muretas, onde seu cintilar os denuncia de longe.

Após uma triagem cuidadosa, tendo libertado abelhas, vespas e borboletas, é preciso deslocar habilmente o crisídeo para um canto da rede a fim de capturá-lo com mais facilidade.

Invariavelmente, o esplendor acaba espetado debaixo de um vidro com uma etiqueta...

É uma verdadeira arte agarrar a joia ondulante entre dois dedos sem amassar suas asas, ou introduzi-la no gargalo de uma garrafa cheia de éter, depois arrolhada com esmeril.

Mesmo mortas, as vespas mostram-se tão delicadas para se perfurar que Ralph Laube teve que se valer do recurso de colar as menores sobre pedacinhos de mica.

Barthélemy Racine compreende muito depressa que não aprenderá a operar os olhos espetando moscas rutilantes em papelão.

Não gosta de matá-las.
– Por que não se contentar em observá-las por um tempo sob a lupa e depois soltá-las? – pergunta um dia o aluno.

A pergunta ofende o professor, que não diz uma palavra o dia todo, só abandonando o silêncio a fim de lhe pedir que esteja pronto no dia seguinte às sete horas para sua primeira operação...

Ele se chama Émile Bonjeon, trabalha como limpador de chaminés no bairro da Bastilha.

Crivado de cinzas e poeira gordurosa, um de seus olhos desenvolveu um acrocórdon, um tumor volumoso fixado sob a pálpebra.

A mesa de operação está disposta em frente à janela sob um teto de estufa cujo vidro fosco garante uma luz suave e ao mesmo tempo atenua as sombras.

Acima do paciente queima um lampião a gás, enquanto ao seu redor foram dispostos lampiões a querosene.

O homem é atarracado, e está tão agitado que o professor pediu que o amarrassem até os ombros.

Duas enfermeiras seguram sua cabeça.

Acima de seu rosto, desdobram o braço telescópico da lupa.

Um cirurgião está ali, na companhia de uma dúzia de alunos.

Se na maioria das vezes ele é hesitante e tímido, Barthélemy Racine manifesta uma segurança e uma precisão na incisão e na sutura que indicam aptidões naturais.

A operação cirúrgica é a arte de interpretar uma partitura de gestos. E os de Barthélemy Racine são, sem dúvida, conduzidos pela graça.

Mesmo que um olhar mais atento detectasse algumas pequenas falhas na postura, já se sente o estilo que está por vir, com essa eficiência elegante, essa mistura de determinação e humildade que caracteriza os cirurgiões excepcionais.

O jovem é particularmente hábil sobretudo na sutura, conseguindo amarrar os fios com a pinça e a agulha, sem usar os dedos.

As duas bordas da incisão são unidas com tanta precisão que mal se pode adivinhar a localização do tumor.

Não querendo acreditar que a operação já acabou, o limpador de chaminés, ainda atordoado pelo éter, afirma não ter sentido nada.

Algo também se passou para Barthélemy.

Embora não tenha consciência alguma do que acaba de realizar, sente-se atravessado por uma reminiscência, a lembrança de um contato que orientou e iluminou seus movimentos durante a operação: a suavidade dos dedos de Marta.

Se as mãos de Ralph Laube foram educadas pelos insetos, as suas, ele compreende naquele dia, foram educadas pelos afagos que recebeu da velha cega quando era menino.

Como suas mãos memorizaram dessa forma todas essas expressões de ternura, sendo cada uma delas, sem nunca convocar o verbo, capaz de falar com ele tão sutilmente por dentro?

Roçando gradualmente, com pausas, com uma cadência, uma arte do intervalo, do crescendo, ele possui uma gama de toques e palpações que dão aos dedos uma delicadeza atenta, quase consciente.

Um mês depois, Barthélemy Racine opera sua primeira catarata, sob a supervisão de Ralph Laube e diante de uma sala lotada de estudantes e médicos.

A catarata é um humor esbranquiçado, uma espécie de cisto que atrapalha a limpidez do cristalino.

Congênita, resultante de trauma, às vezes ligada ao diabetes ou à senilidade, é responsável pela maior parte das cegueiras.

Praticada há séculos com maior ou menor sucesso, a cirurgia de catarata consiste em extrair do olho, total ou parcialmente, o cristalino opacificado.

Um ato delicado, porque a cápsula, difícil de desprender, às vezes rasga, sem contar os danos causados ao globo ocular, esse delicado equilíbrio de membranas e líquidos que por um nada pode ser rompido ou esmagado.

Desta vez, ele opera uma jovem, Rosa Zerbine.

Uma catarata congênita deixou-a cega desde o nascimento. Com 20 anos de idade, ela trabalha com a mãe, uma costureira da periferia que cria sozinha os seis filhos.

A jovem se deitou tão silenciosamente sob o dossel que hesitaram em chamar uma enfermeira para segurar sua cabeça. O trabalho é feito primeiro no olho direito.

Seguindo o exemplo de Ralph Laube, Barthélemy corta delicadamente o limbo, na beirada da córnea. Pela aba assim aberta, introduz um ganchinho pontiagudo com o qual faz uma incisão de baixo para cima a fim de soltar o cristalino.

Em seguida, dedica-se a aplicar pressão de modo a retirá-lo gradualmente do olho, sem romper a cápsula.

Uma vez removido o cristalino, ele fecha a incisão usando uma agulha curva, que segura na ponta de uma pinça.

O gesto é amplo e preciso. O fio de seda virgem entra e sai do olho com agilidade, enquanto minúsculos nós unem as bordas da ferida.

Ele procede da mesma forma com o olho esquerdo. Então, os olhos cobertos por ataduras, a paciente é levada de volta ao seu quarto.

Tudo correu extremamente bem, o que é raro para uma primeira vez. Mas quando Ralph Laube quer parabenizar seu aluno, informam-lhe que ele já foi embora.

Barthélemy Racine deixou a sala de cirurgia com um sentimento confuso, ainda mais difícil de expressar porque vinha de suas mãos.

Seus dedos devem ter pressionado com muita força. Guardam isso como uma repulsa.

Se os cristalinos saíram, eles se entregaram com relutância, atormentados por gestos demasiado insistentes.

Mesmo que não haja nenhum dano aparente, o olho de sua paciente foi violado, ele tem certeza.

A própria ideia o revolta. Mas esse é o protocolo. O método, mesmo avançado como é, ainda deve ser aperfeiçoado. É preciso encontrar uma maneira de fazer diferente.

Oito dias depois, Barthélemy Racine vem retirar os curativos de Rosa Zerbine.

Sentada na beira da cama, os dedos dos pés mal tocando o chão, ela parece esperar timidamente que abram para ela uma porta por onde o mundo vai, talvez, entrar.

Barthélemy a está auscultando, verificando o estado das suturas, quando de repente tem a impressão de que a atmosfera se modifica no quarto.

O que ele nota tem uma ligação óbvia com o que está se passando nos olhos de Rosa Zerbine, disso tem certeza.

Assim que os olhos da jovem se entreabrem, eis que tudo parece mais vivo ao redor deles: os raios de sol através da persiana fechada, o xale de lã cinza, as mechas que caem sobre seu rosto. E até mesmo este banquinho. Ele poderia listar todos os objetos, de tanto que eles aparecem, se mostram. De tanto que ele os vê agora. Uma alegria os envolve, engrandece-os, quase os faz falar.

Tudo isso o perturba tanto que uma pinça lhe escapa e cai no chão.

Ele tarda em se abaixar, se levantar. Em ajustar os óculos. Então, tirando a lupa do estojo, nota essa pequena lesão muito pouco visível na córnea.

– Se eu pressionar aqui, sente dor, senhorita?

– Um pouquinho...

É a pressão dos dedos, ele tem certeza. Lembra-se de como suas mãos pareciam pesadas após a operação.

"Tenho que inventar uma forma de operar sem brutalidade. Remover com um gesto fluido o cristalino opaco. Como quem fecha uma cortina."

5

Numa manhã de domingo, Barthélemy Racine está trabalhando em sua tese, em seu quarto na rue Soufflot, quando seu olhar cai sobre o pote de sanguessugas que guarda para os pacientes.

Com a ventosa, uma sanguessuga apanhou um cascalho, que levanta e carrega enquanto ondula.

"E se eu tentasse sugar a lente com uma pequena ventosa?" Ele começa a desenhar a máquina logo em seguida.

As noites passadas com os cegos consertando relógios tornaram-no engenhoso. Ele consegue aperfeiçoar a mecânica do instrumento.

Autorizado a trabalhar com cadáveres, nas salas de dissecção da faculdade de medicina, faz sua primeira tentativa com uma cânula modificada, criando o vácuo com a boca.

Tendo feito uma incisão na córnea sobre o limbo, ele coloca a ponta em posição estratégica na frente da aba aberta através da qual entrevê o cristalino, brilhando como uma pérola. Então, aspira.

Imediatamente colada à ponta, a pequena cápsula aparece de repente na brecha de onde transborda e, inchada, brota do olho e desliza pela bochecha, como uma lágrima congelada. Funciona! Embora rudimentar, o aparelho lhe permitiu realizar uma extração total dos cristalinos sem exercer a menor pressão sobre a córnea!

Restam duas dificuldades para resolver: ajustar a força de aspiração da ventosa e conseguir separar delicadamente, e sem rasgá-lo, o cristalino das "zônulas", essas pequenas fibras elásticas que o retêm de cima até embaixo.

Ele fabrica uma caixa de metal equipada com um vacuômetro, que lhe permite fazer experiências nos olhos de cadáveres com diferentes tamanhos de ventosa.

Após várias tentativas, consegue medir com precisão a intensidade do vácuo – ou força de aspiração – necessária para fixar e retirar a cápsula sem danificá-la.

Para fazer as zônulas cederem, ele tem a ideia de realizar uma aspiração por movimentos intermitentes, o que funciona à perfeição.

Após seis meses de testes, o aparelho por fim está pronto.

Compacto, acionado por pedal, dá em poucos movimentos a intensidade de vácuo necessária para extrair o cristalino.

A máquina é batizada de "Hirudina".

Graças à Hirudina, a operação de catarata se torna um ato simples. Os pacientes não sofrem mais com lesões do vítreo ou com infecções relacionadas aos detritos da cápsula. Deixam o hospital no oitavo dia tendo recuperado a visão.

Mas perderam a "acomodação": não conseguem mais ajustar naturalmente o olhar para perto ou para longe. É por isso que agora terão de usar óculos, adaptados à sua nova visão.

Assim que foi patenteada, a Hirudina teve enorme sucesso. A notoriedade de seu inventor é tal que ele poderia dedicar o resto da vida a apresentar sua máquina nas escolas de medicina. Mas ele recusa todos os convites.

Para Barthélemy Racine, o extrator à base de uma ventosa não é um fim em si. É um passo para algo maior, cuja existência pressentiu com Rosa Zerbine...

Faz meses que não para de pensar na estranha atmosfera que reinava em torno da jovem enquanto ele tirava suas ataduras. Vê outra vez seus pés descalços, seus dedos estendidos na direção do que ela estava apenas começando a perceber. E aquela densidade repentina no momento em que ela abria os olhos! Como tudo ganhava vida. Como tudo parecia se animar ao seu redor! Nada semelhante jamais aconteceu com os idosos ou os diabéticos.

No primeiro caso, o da catarata congênita, ele ajudou os olhos a se abrirem, libertando um olhar intacto.

Enquanto nos outros pacientes, cujos olhos já haviam olhado, nada de notável aconteceu.

Às vezes, à noite, Barthélemy acorda com uma emoção tão forte que mal consegue respirar. Está procurando por ela. Entende que procura por ela desde sempre, Ida, sua mãe, que morreu depois que ele nasceu.

Foi ela que ele viu primeiro, essa mulher quase morta. Ida é sua primeira visão. Por um momento, os olhos dele deram com a luz, enquanto ela ia embora.

Seus olhos se cruzaram? O que ele fez com essa primeira imagem?

Nas noites de insônia, ele vasculha o húmus de sua memória com uma brutalidade desesperada.

Acreditamos que estamos abrindo um caminho sozinhos, decidindo uma profissão, e que uma predileção é só nossa. E eis-nos escoltados por fantasmas, como se um único instante da nossa vida tivesse guiado obscuramente nossas escolhas para nos levar de volta àquele quarto, ao primeiro dia. Na borda dos olhos. Onde tudo começou.

Pouco depois, Barthélemy Racine opera outro caso de catarata congênita, num homem chamado Norbert Printemps, de seus 30 anos de idade. A extração dos cristalinos é feita "por Hirudina", como agora se diz.

Oito dias depois, o jovem oftalmologista vem retirar os curativos.

Ao entrar no quarto de Norbert Printemps, Barthélemy reconhece de imediato a atmosfera particular que reinava em torno de Rosa Zerbine. Isso lhe recorda esses lugares preliminares, as maternidades, os lugares aonde os doentes vão para morrer, essas salas do primeiro choro onde o ar parece mais denso do que em outros lugares, onde a alma surge ou então vai embora chorando.

Ele remove as bandagens, inspeciona a incisão, sentado perto de seu paciente.

O jovem não diz uma única palavra, mal respira, os olhos arregalados. Na abertura das pálpebras, a pupila de repente se estreitou. O brilho em que submerge parece encher a sala. O jovem fecha os olhos e começa a tremer.

– Está queimando. Não posso olhar, senhor Racine.

– É normal. Fique com os olhos fechados mais um pouco. Então, quando se sentir pronto, abra devagar as pálpebras. Não precisa ter pressa.

O médico põe uma das mãos em seu braço, a outra em sua cabeça. Assim encorajado, o jovem entreabre os olhos. Quase nada no início, franzindo o nariz. Desta vez dói menos. Seu rosto relaxa.

"Como eu gostaria de ver o que ele vê", pensa o médico.

Lentamente, o jovem estende os braços. O gesto é grave, quase solene, e quando volta a colocar a mão diante dos olhos, sempre com a mesma lentidão, um sorriso desabrocha: assimétrico, esguio, na medida do que percebe.

Barthélemy recua. Tudo o intima a se afastar, a deixar esse homem com o que está vivendo. O que acontece aqui não se encontra mais no registro da medicina, ele sente. Por meio de que mágica esse quarto de hospital se tornou o lugar de uma experiência interior?

Essa catarata congênita – que ele até então considerava uma patologia – pareceu-lhe uma oportunidade providencial para desvendar o grande segredo do olhar: "O que vemos ao nascer?". Pois se todos nos esquecemos do instante da ruptura, do grande deslumbramento, nosso primeiro grito, nossa primeira inspiração, alguns – bem contra a sua vontade – mantiveram o olho intacto, abafado pela opacidade. Para esses, a primeira vez, a iniciação, terá lugar anos depois. Mas eles terão crescido e saberão falar.

Como não ter pensado nisso antes? Por que estranha negligência deixamos que eles se misturem à multidão que enxerga sem interrogá-los?

Como se tudo de repente se ajustasse, encontrasse sua coerência, Barthélemy Racine considera os últimos anos com um sentimento de gratidão. Suas pesquisas, a invenção da Hirudina: tudo conduzia a essa experiência do olhar nascente, que agora ele anseia por explorar.

Nessa manhã, nessa sala do dispensário da rue de l'Observance, o jovem médico compreende que encontrou seu caminho. Sabe o que vai fazer: explorar o "grande olhar", coletar o testemunho de pacientes operados de catarata.

O que seus olhos percebem? Como o mundo aparece para eles? Como a visão se desenvolve?

O fato de essa questão essencial ter sido até agora tão pouco estudada o perturba. Por que isso é possível agora? Haveria no depoimento e na experiência desses pacientes algo que precisa ser ouvido hoje no mundo?

Ele reflete por um momento, então dá de ombros. "Vamos nos contentar em começar e aprender... e depois veremos."

6

É o mesmo homem que volta para casa a fim de pegar algumas coisas e partir rumo a San Francisco?

Um mês se passou. Ralph Laube está esperando por ele lá embaixo, de carro, em frente ao prédio.

Ao subir a escada, Barthélemy passa diante de interiores desfeitos, de estrados sem colchões, pois não há mais portas nos andares. Essas portas, desmontadas há três dias, levadas às barricadas, no frenesi do confronto.

O jovem médico saiu da prisão naquela mesma manhã. Ainda estaria vivo se o professor não o tivesse procurado por toda parte, se não tivesse usado suas conexões para libertá-lo?

Pegando suas roupas, ele evita o espelho, para não ver mais seus olhos.

É que os jogou assim, do estudo à rua, depois de ouvir aqueles gritos lá fora, o pânico, os tiros.

Como poderia adivinhar o que seus olhos encontrariam ali? Suas pupilas, grudadas na lupa havia tanto tempo, debruçadas sobre as membranas, maravilhando-se com tão pouco.

Durante dois dias, ele os procura. A bela Marion. As lavadeiras do primeiro andar. Marcelin, o licorista, que levava suas cadeiras para o pátio nas tardes de verão. O carpinteiro de Périgueux, no terceiro andar: só falava em *patois*.

Ele os procura em cada barricada, nas macas, nas valas comuns.

Será que voltará a ver o sorriso de Marceline, a velha da fábrica de sombrinhas? O pequeno Marius, que lhe trazia *beignets*?

Não é tanto por ter corrido sob o fogo. É pelo que houve depois. É pelo que aconteceu a seguir que ele evita o espelho...

Havia tratado das pessoas assim, durante dois dias, pelas ruas, onde era chamado. Sem dormir, sem comer. Ajoelhado diante de cada corpo. Aplicando-se em costurar, fechar pálpebras, fazer curativos.

E voltava para casa, atrás do Panteão, quando percebeu uma espécie de curiosa desordem, diante da barricada, entre as cadeiras, as carroças, os colchões.

O que tanto o surpreendeu foi que a princípio não reconheceu os corpos fuzilados: aquelas mulheres, aqueles homens, perfurados com baionetas e que tinham sido deixados ali fazia pelo menos dois dias.

Seus braços crispados, seus pés retorcidos, seus rostos pálidos desapareciam naquele caos de velhas cortinas, entre cestos, panelas, cúpulas de abajur, almofadas e braços de um sofá desmembrado.

Mesmo de perto, a ambiguidade ainda flutuava, a ponto de ele não conseguir ir embora.

E permanecendo assim imobilizado nessa confusão, de repente teve a impressão de perceber, com espantosa clareza, através dos mortos que jaziam diante dele, o olhar daqueles que os haviam matado.

Naqueles olhos, havia tão pouca humanidade que mais parecia que os fuzilados tinham se empenhado, ao morrer, em deixar tudo o que eram para se parecer com aquelas coisas inócuas espalhadas ao seu redor. Coisas.

E ele, que só conhecia do mundo o trajeto da luz através de membranas translúcidas, contemplava naquela manhã uma feiura absoluta.

Quando foi preso, levou consigo essa visão, como um enigma. Ela não o largava.

Dizia a si mesmo: "A feiura é quando não há mais pontes. A grande mistura. A incongruência dessas flores de tília murchando no vinho ruim, onde o braço enrijecido do cadáver é como a perna de um banco".

Repetia: "Não entendo", esperando que surgisse alguma coisa capaz de restaurar uma coerência, tirá-lo daquela estupefação, colocá-lo de novo em movimento. Mas nada lhe ocorria.

De nada adiantava ouvir os outros prisioneiros falando cada um por vez a fim de tentar juntar os pedaços da noite, ele não conseguia realmente entender que aqueles olhos que curava e conhecia melhor do que ninguém, aquela sublime organização de membranas, de líquidos, de claridades, pudesse olhar assim para os homens, derrubá-los como se fossem objetos.

Um dia antes de ser solto, ele viu surgirem na escuridão de sua cela os dedos compridos de Rosa Zerbine.

Flutuando diante dele como um vapor, eles desdobravam suas falanges para tentar roçar aquelas manchas de cor que a moça via pela primeira vez.

Pensando então nos "olhares novos", ele se sentiu um pouco vivo.

A bagagem está pronta. Barthélemy sai de seu quarto. O silêncio do prédio o imobiliza no patamar da escada.

Onde estão os choros das crianças, as batidas dos martelos, o tilintar das panelas, o canto das mulheres na fábrica de sombrinhas?

Lá embaixo, ele encontra Ralph Laube. O carro os leva até Le Havre, onde ele poderá embarcar.

Não satisfeito em tirá-lo da prisão, o velho professor quer acompanhá-lo até o barco.

Em sua bagagem, Barthélemy leva a Hirudina. A questão do primeiro olhar sobreviveu ao massacre. Ele diz a si mesmo que certamente encontrará, por lá, homens para operar. A catarata está por toda parte.

Durante todas as semanas que sua viagem durar, na estreita cabine desse vapor de fôlego curto que range com a ondulação do mar, ele vai lançar os alicerces de uma nova vida, persuadido a chegar logo a um novo mundo, onde a experiência de olhares nascentes será compreendida e acolhida na medida do que é.

Em seus passeios entre conveses, na área de fumantes, ele colherá outros sonhos, junto a jovens proscritos como ele, aristocratas caídos e garimpeiros...

Quantos projetos audaciosos, loucas resoluções, quantas utopias flutuaram por um momento na espuma entre os dois continentes?

Como ele, que jurara a si mesmo nunca mais voltar à França, poderia imaginar que um dia voltaria – porém, com a presença imensurável da mulher silenciosa e estranha com quem compartilha sua vida?

Barthélemy Racine sabe, agora, depois de todos esses anos, que a única riqueza do homem são, no fundo, os seus encontros...

Ela é indígena, chama-se Kitsidano: "Aquela que anda como uma montanha".

Vive com ele em Paris.

7

Todas as manhãs, uma praia no Oceano Pacífico atravessa o mundo para reencontrar Kitsidano em seu quarto em Paris. Os lugares onde vivemos têm por vezes a nostalgia daqueles que carregaram, que observaram viver. Como as pessoas, eles estão cheios de palavras, risos de crianças, pegadas de animais, sepulturas. Como as pessoas, têm gratidão: por quem os olha e os vê. Por quem sabe falar com eles na raiz das árvores, no ventre das grutas. Aqueles que seguem com eles o ciclo dos definhamentos, dos florescimentos.

Esse trecho de costa plantado em frente ao Pacífico, ao norte de San Francisco, chamava-se Mantoa.

Todas as manhãs, portanto, a praia de Mantoa se lembra de Kitsidano.

Como essa costa enevoada, mordiscada de ambos os lados pelo mar e pelas lagoas, consegue trazer até aqui seu sopro intacto? Por que milagre sabe encontrar nesta cidade tão populosa e entre todas essas fachadas a janela do quarto onde Kitsidano está deitada?

Mal a janela se entreabre, libertando uma corrente de ar carregada de espuma, de ondulações discretas, Kitsidano reconhece Mantoa, o lugar que a recebeu com mãos ternas e geladas, em sua primeira respiração, quando sua mãe, agachada nas ondas, as mãos agarradas ao cajado, soltou-a entre as algas, o pequeno povo dos peixes. Antes de agarrá-la para abraçá-la. Seu primeiro céu. Seu primeiro vento.

Ela entra no quarto com um sopro de fim de noite, carregada de peles de focas, ventres de baleias, bicos de pelicanos, a praia de Mantoa. Nesse cheiro iodado, há também o vento amarelo, com seus mocassins de bruma, mensageiro da chuva. Depois, atrás do vento, vem ainda o farfalhar dos juncos que corre por toda parte nesse istmo entre a espuma e os pântanos.

Todas essas palavras minúsculas vêm contar à indígena como ali o dia continua nascendo, a cada manhã, sob os bicos dos patos remexendo na lama, com o balançar das garças, com as árvores encalhadas na praia, cuja única folhagem são os farrapos de algas congeladas.

Há tanta vida nesse ventinho marítimo imiscuído em seu quarto que Kitsidano se deixa levar todas as vezes, estendendo-se em sua cama como costumava fazer na casa de verão: aquela cabana, situada como uma cesta atrás da praia, perto dos algodoeiros.
Entretecidas com galhos e folhas, as paredes da cabana eram ínfimas e deixavam os homens respirarem com o mundo, mas por elas o puma não entrava. Assim como os de seu povo, ela se levantava naqueles limbos para honrar o amanhecer.
Erguendo-se assim sob as últimas estrelas, tendo subido a duna, ela entrava a cada manhã na dança dos movimentos. O mar recuando onda após onda diante de uma costa brilhante, num sussurro de fluxos e surpresas, de conchas entreabertas e garras eretas.
Eram os pés que guiavam seus movimentos, o corpo caminhando atrás. Eles que sabiam achar a pedra, evitar o galho. Cega de nascença, Kitsidano aprendera a olhar pela ponta dos dedos dos pés, pela textura da pele e pelas mãos que apalpavam com muita atenção todas as coisas.

Ela desce da duna, Kitsidano, a filha de Mantoa. Diante dela, o mar respira. Primeiro toque de um sol rolando nas gotículas de água. Sob a casca gelada da costa, uma areia quente flui entre os dedos dos seus pés. Passagem de uma garça.
As pessoas não vêm até aqui para fazer saudações, mas sim para se dissolver. Voltar ao tempo da primeira respiração, quando as feras, os homens, as árvores, as montanhas e as estrelas compartilhavam um mesmo coração e dormiam na mesma casa.
Por um momento todos ainda se lembram, com seus chifres, seus cabelos, sua folhagem, antes de entrar na tempestade, no galope ou no ímpeto.
Tudo começa com esse silêncio. Depois o corpo gosta de dançar.

Todas as manhãs, em sua cama, respirando esse hálito iodado, Kitsidano volta a mergulhar nesse passado distante, quando seu pé batia na areia como se fosse a pele de um tambor. Chamando, invocando.

Lá, invocar era levar a oração às quatro direções rumo ao espírito de um animal, que às vezes oferecia o acréscimo de uma palavra, uma visão.

Em seguida, ela ia se banhar.

Muitas vezes o sonho divide o homem, fazendo-o respirar em dois lugares ao mesmo tempo. Assim, Kitsidano entra no mar, os olhos semicerrados, a cabeça apoiada no travesseiro. E enquanto se vê imersa até os ombros, algo nela já se crispa, algo que conhece o fim do sonho. Como acontece todas as vezes, as imagens de sua infância se desvanecem, corroídas pelo tempo. A praia onde ela morava desaparece, dando lugar àquilo que agora se tornou.

No quarto, o piso vibra com a passagem de um bonde. Lá embaixo, os paralelepípedos tilintam sob as rodas, os tamancos. Um vendedor grita, fazendo seu comércio.

Kitsidano está sentada em sua cama. Balançando a cabeça, ela cantarola enquanto o devaneio segue o curso do tempo transcorrido...

No lugar do caminho que ela fazia todas as manhãs: esse caminho pedregoso, construído pelos brancos para as carroças.

Nos tocos carcomidos dos algodoeiros: cheiro de toucinho frito, bafo de querosene escapam dessas barracas ruidosas onde se vendem açúcar e álcool.

Onde estão aquelas cabanas redondas e leves como cestas viradas, com a voz do irmãozinho, as histórias do Coiote e do Falcão? Apenas alguns potes quebrados permanecem, tecidos calcinados.

Pedras negras em torno de um fogo extinto.

8

Barthélemy está de pé. O velho marido de voz quente e dedos leves. Cheiro de fogo na cozinha.

Kitsidano se senta, envia as mãos em busca do pente, começa a trançar o cabelo. O calor dos tacos sob seus pés descalços enquanto ela desliza como um raio de sol por entre os móveis.

Ao contrário dos animais e dos homens, os fogos falam a mesma língua em toda parte, onde quer que sejam plantados.

Aqui, em Paris, nesta cozinha, o crepitar da lareira tem as mesmas palavras que tinha em Mantoa.

Ela se agacha, abre a porta, mergulha os dedos nas chamas, acariciando-as como um pelo, depois põe as mãos nos joelhos.

Barthélemy Racine está sentado à sua frente. Olha para ela.

Será que ela sente aquele misto de espanto e gratidão que ele experimenta toda vez que ela aparece?

Atrás dela, duas tranças castanhas serpenteiam até os dedos dos pés, as saias bordadas e as franjas deste xale de pele de coelho que ela usa desde o primeiro dia, quando ele a viu, perto do riacho, saltando entre as pedras, acompanhada de seus três cachorros...

Foi 20 anos antes, na Califórnia, na saída de Santa Rosalia, depois da serraria dos irmãos Swangson: choupanas imundas ao pé de uma colina desventrada por onde um riacho desviado corria entre duas pranchas.

E eis que o surgimento daquela jovem dava uma espécie de prumo àquele vale desfigurado pelo homem.

Seria o andar pendular, o jeito singular de pisar primeiro com a ponta dos dedos, como se pedisse autorização a cada passo? Tudo parecia ter reencontrado uma coerência ao seu redor, a ponto de o lugar parecer a ele quase bonito. Então ela desapareceu depois do bosque de carvalhos.

Ele a buscou com os olhos, mas ela não reapareceu.

Voltou a vê-la três meses depois, reconhecendo o andar vacilante, os três cachorros que a acompanhavam de perto de modo a evitar os obstáculos.

Naquele dia, ela descia de uma daquelas falhas úmidas e frias onde os de seu povo estavam doravante confinados. Dessa vez ele a seguiu.

Pela maneira como as pessoas se afastavam, pela atenção discreta de que ela era objeto, ele entendeu que ela curava.

Os de seu clã estavam lá, fracos, aleijados, doentes de privações, trabalho e agressões físicas.

Foi tudo o que restou do clã dos pés leves, também apelidados de "os dançarinos".

Vivendo ali desde sempre, teciam cestos de penas, bem como silenciosas e ágeis canoas de tojo, que separavam os juncos como mechas de cabelo.

A noite caía. Tinham acendido uma grande fogueira diante da qual ela se agachou.

Empurrando a lenha com um pau, ela apanhou algumas brasas que esmagou entre as mãos, antes de aplicar as palmas negras no peito da criança.

Cantando, com os olhos quase fechados, ela repetiu o gesto até que o corpinho ficou coberto de cinzas.

Era óbvio que ela não se queimava, mas para os indígenas isso parecia menos espantoso do que a presença daquele branco, àquela hora, naquele lugar.

As cabeças se voltavam para ele, inquietas. Alguns lhe apontavam o dedo.

Foi por isso que ele acabou se aproximando, explicando que também curava, que era médico entre os brancos.

Será que o compreendiam? Um jovem começou a traduzir. Alguns assentiram. Uma velha rolou para ele uma pedra na qual ele se sentou, enquanto uma mãe aproximava seu filho que tossia.

Ele também colocaria as mãos no fogo? Não, ele curava com poções... No dia seguinte ia trazê-las.

Durante a conversa, a jovem indígena não olhou para ele, a ponto de ele pensar que sua presença sem dúvida a importunava. Quando ele se levantou para ir embora, ela caminhou até ele. O fogo que ela havia tocado tanto ainda fluía por ela. Gotas de suor a cobriram por toda parte.

– Você diz que vai voltar amanhã para tratar os meus com seus remédios?

O brilho cinza de suas pupilas não deixava dúvidas. "Catarata congênita." A coincidência o surpreendeu.

Em qualquer outra situação, teria se apresentado como oftalmologista, teria elogiado os méritos de uma operação que lhe permitiria recuperar a visão em poucos dias.

Em vez disso, foi tomado por uma perturbação tão poderosa que se sentiu cambalear.

Algo na atitude, na presença daquela mulher abriu nele um abismo onde todas as suas certezas desapareceram de repente.

Balbuciando uma promessa, ele desapareceu na noite.

Embora pensasse com frequência na jovem indígena, Barthélemy Racine nunca mais voltou para tratar dos doentes no vale. Adiou a volta sob todos os tipos de pretextos, depois foi operar no hospital francês de San Francisco, onde era esperado a cada dois meses, mais ou menos.

Ele adorava essas viagens longas, essas aventuras entre cada cidade. Esses vestígios de lobos, de pumas, na beira do riacho. Sentir os olhos das feras que o escrutinavam no escuro.

Este país o trazia de volta a proporções mais justas: aqui, ele voltava a ser um animal entre outros. E às vezes uma presa.

Adorava essa nova acuidade, despertar esse velho instinto que tanto se atrofiara quando morava em Paris.

San Francisco: ele havia desembarcado nesse porto, dez anos antes.

Ele pode se ver de novo na proa, naquela manhã, as pernas moles, embrulhado no casaco, contornando a costa, furando as brumas, depois de seis meses de travessia. E descobrindo de repente a baía repleta de uma floresta de mastros onde o barco se aglutinava com estalos dolorosos.

Diante de tantos cascos vazios, que se agitavam nessas águas pesadas, as velas arriadas, teve a impressão de um purgatório, de desembarcar numa cidade de fantasmas.

Que país era esse onde, mal chegados, os capitães abandonavam seus navios para correr à procura do ouro das montanhas?

Para chegar à costa, ele teve de escalar uma infinidade de grades, atravessar molhes, castelos de proa, passarelas onde todas as variedades da humanidade acampavam sobre esteiras, em redes, fazendo chá em braseiros de barro, apanhando para a cozinha o peixe seco, pendurado feito um pano sobre o colchão.

As mercadorias seguiam o mesmo percurso, amontoando-se ao acaso nas cobertas dos navios à medida que se aproximavam da costa, obrigando a fazer novos desvios. Pilhas de tartarugas gigantes, as patas batendo no meio das redes. Ovelhas mantidas num cercado feito de caixas de chapéus. Ou, encostados num lustre: montes de picaretas, botas, caixas de champanhe e palitos de dente.

Duas horas depois, ele finalmente havia desembarcado numa prancha estreita, o baú nas costas. Depois teve que chapinhar na lama por mais cem metros, antes do cais de madeira e das primeiras casas.

Um lugar estranho, esta cidade germinada e regada pelo ouro. Onde nada existiria se não fosse por ele.

Mas San Francisco não cessava de prosperar. Barbudos, imundos: os mineiros desciam de Sacramento, os alforjes cheios de uma poeira fosca, pepitas nos bolsos: imensamente ricos.

Depois de semanas de privação, levantando a picareta fizesse o tempo que fizesse, para desabar em paletes cheios de parasitas, uma bota fazendo as vezes de travesseiro, eles vinham buscar aqui prazeres avassaladores.

Onde estava o ouro? Como um vapor, era possível senti-lo esquentando o sangue, drenando a febre. Mal tendo aparecido, já mudando de mãos, ele erguia em poucos dias no meio do pântano um teatro de mármore rosa, suspendia lustres de cristal no teto das tabernas, sentava em liteiras dândis com calças de seda.

No fundo, San Francisco só estava ali para preparar a armadilha, para estender diante do ouro que vinha das montanhas essa rede onde se servia o banquete, onde as mulheres esperavam, perfumadas, em salas com espelhos.

Como de costume, Barthélemy se instalou no "Chez Émile": uma pensão administrada por um francês, perto do porto.

A baía tinha se enchido tão depressa que a janela de seu quarto dava para um navio encalhado entre duas casas.

Por um hábito que havia contraído com seus pacientes, Barthélemy Racine primeiro focava os olhos nos cantos escuros. A sombra limpava-o do barulho, dos clamores do ouropel.

Todas as manhãs, ao caminhar para o hospital, ele atravessava a cidade, ziguezagueando pelas ruas como um cachorro velho, passando por baixo das roupas estendidas para secar, contornando o lixo, as cubas das lavadeiras, o feno das cavalariças.

Nessa borda marrom mergulhavam também os criados, os réprobos, aqueles que o ouro havia arruinado numa noite.

Tornara-se sobretudo o refúgio dos indígenas. Afastados das pianolas, eles debulhavam o milho, em seus barracos úmidos, falando das chuvas que se aproximavam e de suas terras confiscadas, onde já não podiam mais semear.

Desde que havia desembarcado nos Estados Unidos, aonde quer que fosse Barthélemy Racine procurava os indígenas. Discretos, confundindo-se com a paisagem, aqueles homens caminhavam no ritmo das estações, montavam acampamento nas florestas, entre os ursos e os pumas.

Gostava tanto de surpreendê-los que tinha desenvolvido como um instinto a arte de localizá-los numa borda, ou em meio ao capim alto onde pastavam os bisões.

Sentia todas as vezes a mesma emoção ao vê-los atravessando a planície, modelados por folhagens e ventos, ou seguindo no encalço do animal sem quebrar os gravetos na passagem, com a impressão de que o morro que acabavam de atravessar os seguia de perto.

A silhueta de alguns homens, uma pena no cabelo, um punhado de moças chapinhando no rio, ou suas casas de peles e galhos erguidas ao redor do fogo, e Barthélemy Racine sentia o coração feliz.

Cada uma de suas aparições o trazia de volta àquela primeira vez, quando, três dias após sua chegada aos Estados Unidos, ele havia subido a colina que dava para a baía de San Francisco a fim de pendurar sua roupa para secar nos arbustos e descobrira aquele acampamento indígena no fundo do vale...

Cinco ou seis cabanas de tojo, crianças nuas sentadas na terra e uma mulher que cantava enquanto tecia um cesto, e de repente ele se sentiu clarear, esquecendo os longos meses de viagem, os cheiros nauseabundos, a promiscuidade entre os conveses. Esquecendo sobretudo aquele crepúsculo de verão em Paris, quando, atrás do Panteão, ele tinha revirado, em busca de vidas, a barricada silenciosa, incapaz de fugir quando a Guarda Nacional veio prendê-lo.

Por outro lado, aqueles que via no fundo do vale, perto do grande lago, pareciam da mesma natureza da brisa indolente que mal dobrava as copas das árvores, balançando os juncos.

Esticada entre duas varas, uma rede de pesca salpicava de sombras o rosto do bebê adormecido em seu balaio, como uma ninfa de borboleta.

Tudo falava no mesmo tom: os gestos da mãe, o sono do bebê, o deslizar dos patos selvagens no pântano entre dois juncos.

E, mergulhando em tudo isso mesmo que de longe, ele se sentiu cheio de gratidão por esse povo que não conhecia.

Há arrebatamentos que às vezes se abrem em fulgurâncias, certezas, vindas sabe-se lá de onde.

No momento em que descobria os indígenas, Barthélemy sentiu a ameaça que pesava sobre eles.

A humanidade que enxameava atrás dele na cidade carregava consigo uma ganância incompatível com aqueles homens despojados.

Impacientes, caprichosos, os colonos haviam atravessado o mundo para acumular aquele metal precioso que mudaria suas vidas. Um sonho imperioso que com frequência os fizera abandonar esposas e filhos.

Enquanto isso, os indígenas, que usavam a terra como adorno, amarrada nos ombros, presa nos cabelos, não queriam nada além do que já tinham. Isso se via a olho nu.

O que fariam aqueles homens que só pensavam em enriquecer com esse povo discreto, caminhando no ritmo do vivo?

Agachado na grama alta, Barthélemy sentia uma tristeza indescritível se avolumar quando ouviu um assobio.

Uma velha saiu de uma cabana. A mulher com a cesta, pegando rapidamente o balaio onde estava seu bebê, entrou em sua casa. As crianças desapareceram como codornas, rastejando para baixo de um arbusto. Torso nu, corpo pintado, um homem caminhou em sua direção, o braço estendido, dirigindo-se a ele com um tom seco numa língua que ele não compreendia.

Descendo o morro com a roupa lavada debaixo do braço, Barthélemy saiu depressa dali, feito uma criança, o coração batendo forte, as orelhas vermelhas: envergonhado e cheio de alegria.

9

Barthélemy Racine deixou San Francisco há três dias, dormindo sob as árvores. Ainda traz o grande silêncio, a ampla capa das folhagens, quando sente um cheiro doce ao se aproximar de Santa Rosalia.

"Será que ainda pode ser tifo?" Durante três anos, a cada outono a epidemia desce das montanhas, dizimando metade da cidade, até o grande frio. A doença vem das minas, onde os garimpeiros teimam em acampar na imundície.

Como é possível que as pessoas se esqueçam de si mesmas a esse ponto, a cabeça fervilhando de piolhos, cuspindo seus dentes como caroços, deixando suas roupas corroerem sua carne até a infecção? Várias vezes ele subiu aos acampamentos, deixou na mercearia sabonetes, curativos, engradados de legumes frescos para lutar contra o escorbuto. Só o que encontrou lá em cima foram fantasmas, entorpecidos de álcool e exaustão, e que só comem para segurar a picareta.

Empoleirado num telhado, na entrada da rua principal, um mórmon recita a Bíblia. Um homem está deitado sobre a palha, diante de um estábulo.

Como todas as noites, a cidade é atravessada por risos escandalosos, galopes, tiros. Mas é possível distinguir corpos amontoados no fundo dos *saloons*, onde o piano ainda toca, inexoravelmente.

Atrás da janela do antro de jogos de azar, dois homens sentados em frente a um baralho de cartas.

O que diferencia a febre que mantém o jogador na cadeira daquela que o lança de repente no chão, com falta de ar e olhos brancos?

O vento carrega as pestilências, as músicas mecânicas, os grasnidos dos corvos.

Barthélemy para seu cavalo. Tem vontade de reencontrar os grandes carvalhos, a margem onde adormecera na véspera, embalado pelo bater das ondas da lagoa.

Então, pensa nos cegos esperando por ele no asilo. Chega à construção de adobe, lá em cima, sob os altos pinheiros.

A velha Ester vem abrir. Não há doentes aqui. Ele lhe implora para tirar a água dos quartos. Depois, levando consigo alguns frascos de quinino, volta à cidade a galope.

Num antigo *saloon*, entre dois estabelecimentos de venda de armas, um médico, também apelidado de "Russo", abriu um dispensário, com uns 20 leitos, para tratar doenças venéreas, abcessos, gangrenas e ferimentos por arma de fogo.

Em frente à entrada, dois velhos empilham corpos numa carroça.

Faz três dias que o Russo está fora. Só restam aqui algumas mulheres e moribundos.

Lavados, de cabeça raspada, os doentes são distribuídos pelos quartos, deitados em lençóis limpos. O quinino é distribuído.

É então que Barthélemy nota Kitsidano na entrada do dispensário. Ela quer ver o médico. Parada diante da porta, uma freira pede que ele saia.

– Pode deixá-la passar, eu a conheço!

Estendendo as mãos para ele, a indígena toca seus óculos, a barba cerrada. Seu rosto está vazio de exaustão.

– Doutoro, estou procurando o senhor já faz dois dias. A minha gente está doente no vale. Muitos já morreram... Não sei como curar as doenças trazidas pelos brancos.

– Espere aqui enquanto termino de cuidar dos doentes. Depois vou com você.

Pela manhã, como as queixas diminuem, ele pega sua sacola:
– Vamos!

Mal sentado na sela, ela já está atrás dele, ele não sabe bem como. Partem num trote lento.

O dia nasce. Ao deixar Santa Rosalia, eles passam por um comboio de carroças carregadas de cadáveres.

Por fim chegam ao vale. O acampamento está silencioso. Kitsidano assobia. Ninguém responde. Estão prestes a ir embora quando um jovem indígena aparece, mancando.

É seu irmão mais novo, Mihigan. Ofegante, ele fala em sua língua, olhos fixos no chão. Kitsidano traduz.

– Os brancos vieram há dois dias para colocar todo mundo em carroças. Diziam que a doença vinha de nós, que não devíamos ficar perto da cidade. Queriam nos levar de volta para Mantoa. Eu não queria subir. Quando corri para as árvores, eles atiraram em mim.

Barthélemy vai embora dali com a indígena. Num trote mais apressado, atravessam o morro, a floresta de velhos carvalhos, os prados de angélica e de hortelã.

O dia raiou. Ao longe, no horizonte, a linha azul do oceano emergindo das brumas.

Saltam do cavalo, sobem a duna. Diante deles, na praia deserta, fogueiras quase extintas das quais escapa uma fumaça acre. O silêncio nunca foi tão denso, fazendo sobressair a voz da tarambola no mato.

Mais adiante, roçando a espuma, o voo dos pelicanos.

Kitsidano tropeça, os braços estendidos, as mãos à frente. Com um nó na garganta, experimenta pobres palavras, certamente chamando-os.

Mas só há estas madeiras queimadas, estas fogueiras meio consumidas, onde ainda se avistam alguns tecidos.

O que aconteceu naquelas dunas para lá dos algodoeiros?

Ali, o corpo de uma criança meio enterrado na areia. Mais adiante, colares quebrados, um mocassim.

– Consegue ver alguma coisa?

O tom é de súplica. Ele sente que nesse momento ela gostaria que seus olhos fossem capazes de fazer surgir sua velha mãe e os outros, sentados em círculo, um pouco mais afastados.

Um abutre levanta voo. Uma fera ruge em meio aos juncos.

– Não sobrou nada, Kitsidano... Não sobrou mais nada.

10

Tinham deixado Mantoa, a fumaça acre, os ossos enegrecidos, voltando num trote rápido para Santa Rosalia, quando Kitsidano se deixa cair por terra. Ele para imediatamente.

A testa coberta de areia, a jovem se levanta, busca o vento. Em seguida, se orienta rumo à floresta.

> *Kulu qhale, carvalhos selvagens que carregam a terra,*
> *Olhem para nós que passamos.*
> *Mais leves que suas folhas,*
> *Olhem para nós que passamos,*
> *Mais frágeis que seus frutos,*
> *Kulu qhale, carvalhos selvagens que carregam a terra,*
> *Lembrem-se de nós que passamos.*

Há os espinheiros negros, o espinheiro-branco e a amoreira, todos os tipos de dentes finos e afiados mordendo as faces da mulher que não vê, enquanto ela continua avançando.

Tendo deixado o cavalo na beira da estrada, Barthélemy caminha atrás dela.

Após uma pausa, Kitsidano cruza a borda da mata.

É uma floresta sombria e sonora, que jamais conheceu o machado e as profanações. A floresta do clã dos carvalhos, que aqui existem em todas as idades, os mais novos refugiando-se na sombra dos mais velhos.

Os pés da indígena encontraram o caminho que leva até a clareira. Entre as samambaias e os musgos, a casca rachada de um enorme carvalho escorre até o chão, como lava que esfriou.

Kitsidano senta-se ao pé da árvore.

Percebendo que ela não vai sair daqui, Barthélemy volta a Santa Rosalia para se ocupar dos doentes.

No dia seguinte, ele a encontra sob o velho carvalho. Ela está sentada sobre os calcanhares, as mãos apoiadas nas coxas, os olhos fechados.

Veio para morrer? Respira tão suavemente.

Barthélemy sabe que ele próprio não tem o que fazer aqui, que ela não vai tocar no pão e na água que lhe trouxe. Mas ele não pode deixar de colocar a cesta na entrada da clareira. Mal ousando olhar para ela.

Cada floresta tem sua música, de acordo com o timbre da folhagem e essa alma do lugar, que fala a todo momento. A alma vibra. Uma vibração pesada e lenta serpenteia sob as árvores, atravessada por luzes que passam entre as folhas, por gritos de animais, pelo canto das aves.

Esse zumbido lava-o do cheiro de cloro, dos corpos enrijecidos, dos gemidos.

Mal voltou ao dispensário, pensa na floresta. Na moça ajoelhada sob o carvalho.

Como ela se sustenta sem beber nem comer? Pois ele descobriu, no dia seguinte, a cesta novamente virada. O pão sumiu, e havia rastros de um guaxinim.

No mesmo dia, ele nota pedras redondas colocadas em círculo com um tronco tomado pelo musgo e encimado por um chifre de veado.

"Como são discretos seus templos", reflete o médico. Imediatamente, o rosto supliciado do Monte Shami lhe vem à memória...

Um ano antes, ele tinha ido ao Monte Shami tratar um homem de Malakoff Diggins cujo braço havia sido arrancado por um canhão de água.

Desde a chegada dos garimpeiros, tantas árvores tinham sido derrubadas nesses altos vales, separados por cortinas de cachoeiras, que ele se perdeu, não tendo como referência senão um surdo estrondo do outro lado de uma ravina.

Sob o caos que manava, não reconheceu a montanha: apontados dia e noite para os penhascos, uma dúzia de canhões superpotentes de água estilhaçavam a pedra, liberando torrentes de lama cinzenta que escorriam para um vale onde os homens se agitavam, minúsculos, inumeráveis, empurrando carrinhos de mão com entulho sobre tábuas estreitas, empunhando pás, cavando na lama, soltando gritos.

Alguns seguiam ao longo do fluxo de cascalho, o nariz junto à água, mergulhando as mãos para tirar uma pedrinha que mordiam e esfregavam no casaco.

Quando foi sua última visita? Barthélemy ainda se lembrava daqueles bosques de zimbros milenares e de como a pegada do urso perto da nascente havia apavorado seu cavalo por um momento.

Não pôde deixar de virar a cabeça, ainda procurando as grandes árvores, horrorizado com o que um punhado de homens era capaz de destruir em poucas semanas. E que fosse tão fácil.

"Aqui", refletia Barthélemy Racine, "as montanhas são como no primeiro dia. Existe neste novo mundo uma força vital bruta e intacta, proporcional à imensidão da terra, à força dos rios. Quando ando por esses vales sem caminhos, quando sigo o rastro dos animais para subir os desfiladeiros, há tanta presença ao meu redor que entendo que outras pessoas consigam perceber almas-irmãs em toda parte por aqui, tanto entre animais, pedras e riachos quanto entre os homens, colocando uma igualdade perfeita em toda essa abundância."

"Como, então, essa poderosa natureza pode de repente se ver tão vulnerável diante desse punhado de homens que se agitam lá embaixo?"

Quanto mais olhava, mais aberrante lhe parecia a desproporção, enquanto refletia sobre os milhares de anos que aquela montanha havia levado para crescer, atingida por raios, corroída pelo gelo, para erguer suas falésias na direção do céu, para acolher nascentes e caudais...

O que a fragilizava a esse ponto? De súbito ele entendeu. Tinha a impressão de estar diante dessa montanha como alguns anos antes diante da barricada. A feiura escorria por toda parte. Aquele que apontava o canhão de água para as falésias já não olhava para a montanha como uma entidade viva, mas como um depósito de minerais de que podia dispor como bem entendesse. Uma coisa.

– Meu Deus – exclamou Barthélemy Racine –, será possível que a maneira como vemos o mundo tenha um poder tão grande!

Um francês se aproximou.

– Ah, sim, doutor, 240 milhões de litros de água por dia! É o American River que você vê saindo dos canos!

O francês exibia um sorriso desdentado pelo escorbuto. O homem com o braço dilacerado tinha morrido na noite anterior, de modo que Barthélemy partiu novamente.

Um corvo atravessa a clareira. Terceira manhã. Ainda sob o velho carvalho, Kitsidano.

Coberta de poeira marrom, sementes e galhos por todo o cabelo, a jovem agora se funde à floresta. Só algumas manchas de luz, filtradas pela folhagem, revelam a testa e um ombro. Por meio da pele, ela adivinha a lebre que passa e já não desconfia dela. Sua narina mal se dilata com o cheiro dos javalis.

À noite, assim como as pedras, ela esfria. Pela manhã, o orvalho que a cobre queima como fogo.

No primeiro dia, a menor lembrança dilacerava seu coração. Então, pouco a pouco, a tristeza a empurrou na direção do sonho, esse outro lado do mundo, toda vestida de vento.

As mãos negras do corvo
abrem a porta:
passei para o outro lado.

É assim que na terceira noite ela encontra Icha, a avó aranha.

A lua está alta quando ela a vê avançando com suas oito patas, o ventre redondo roçando o musgo da clareira.

Como uma indígena, a aranha traz junto de si o feixe para tecer os cestos. Mas os caules não são de salgueiros nem de tojos. Os fios flexíveis e translúcidos do feixe são cantos.

Durante toda a noite, Icha circula em torno de Kitsidano, tecendo a teia. Cada fio está atado ao coração da indígena. Então a aranha sai para amarrar a outra ponta do fio na árvore, na montanha, na correnteza do riacho, no alto da folha de mato.

Ao raiar do dia, a teia finalmente começa a cantar.

É comovente o canto, e fala do território dos pés leves, tal como Coiote o havia sonhado, nos primeiros tempos do mundo.

Um canto que dá voz às colinas, aos vales. Tem o sotaque rochoso das torrentes, o murmúrio das planícies de angélica cobertas de abelhas. Não se ouve apenas o contraforte de uma montanha e o vento que vem topar com ela, mas todos os espíritos de penas, pelos ou escamas que ali se abrigam desde sempre.

De cada fio escapa um som: sonho de coelho enrolado nos trevos, ladainha de um avô, debruçado sobre a flecha que afia. Feito ventos, esses fios sussurram a memória das pegadas, o voo dos gansos, os rastros da caça, o hálito da ursa, adormecida em sua gruta, com o ventre ocupado pelas crias que nascerão na primavera.

Não há grande e não há ínfimo, contanto que tudo sussurre com esses sopros, com todas essas vidas finamente misturadas.

Desde a chegada dos colonos, tantos silêncios se espalharam pela terra dos pés leves.

Tantos lugares ficaram emudecidos. Ou perturbados por dissonâncias. Quando as planícies já não cantavam, percorridas por carroças. Quando as árvores cortadas choravam por não mais pronunciar as menores palavras do vento. Quando a costa avermelhada de sangue engasgava de terror com o retorno dos baleeiros.

Tantas bocas minúsculas ao pé das moitas de mato que a visão de um massacre fechara de repente.

Mas tudo isso, agora remendado, finamente tecido, canta de novo, amarrado ao coração da indígena.

Para onde quer que ela se vire: esta constelação de músicas que a liga ao menor dos juncos.

Há também esses nomes de lugares tão preciosos, transmitidos pelos mais velhos durante as caçadas, as coletas.

O nome de um lugar é uma história que se ouve como uma prece, porque tudo na terra está esperando para ser dito, para estabelecer conexões. E o indígena que nada possui é, no entanto, rico desses nomes, cada um dos quais lhe restitui a imagem, a descrição do lugar onde encontrou a árvore ou a pedra. Onde conversaram um pouco.

O nome de um lugar é um pedaço de terra vivo transportado no coração do homem...

Ao chegar naquela manhã perto do velho carvalho, Barthélemy descobre Kitsidano cantarolando. Ele não vê a velha aranha que murmura, debruçada sobre o ouvido da jovem.

– Corra para Mantoa! – diz Icha, a avó –, vá cantar para os seus mortos, Kitsidano! Que eles partam para o outro lado com o coração leve. Que saibam que os nomes foram preservados.

Kitsidano se levanta. Ereta e firme sobre as pernas. Depois de todo esse tempo imóvel. Sem vacilar, apesar disso.

Assim como a fonte,
encontrei
o caminho
que contorna a pedra.

Assim, como a fonte,
comecei novamente
a andar.

De repente, ela se lança, mergulha com tanto ardor entre as árvores que Barthélemy não consegue detê-la.

Flexível, ondulante, ela desliza por entre os troncos, mordendo a terra com a ponta do pé, roçando os galhos, aguçada por tudo o que atravessa com tanta atenção que seu corpo desaparece no fio melodioso que ao mesmo tempo a permeia e orienta na direção do mar.

De braços caídos, Barthélemy observa a mulher cega desaparecer na floresta.

Atrás dela, esse rastro de exultação, de alegria selvagem por correr assim sem os olhos, sem se opor a nada, nenhuma pressão, sem o menor medo, apenas uma imensa aquiescência diante de tudo que surge, como se ela se lançasse nos braços do mundo que a apalpa, que a molda ao longo do caminho. Que a carrega.

Às vezes ressoa nela um nome de lugar que repete em voz alta, para a felicidade de um vale, de um velho choupo curvado sobre a correnteza, de algumas rochas claras das quais brota uma nascente.

Será que sabemos como a terra cura quando a colhemos, assim, em seu afloramento, quando no cadinho do mesmo instante o homem não é mais do que aquilo que percebe?

Kitsidano chega a Mantoa. Os seus estão ali, evanescentes, agrupados ao redor do fogo extinto.

Sentada entre eles, ela canta para cada um, agitando sua pulseira de conchas.

Um após o outro eles se levantam e vão embora. Aquela que contava tão bem a criação do mundo, aquela que tecia cestas melhor do que ninguém, o pescador de abalone e sua velha mãe. Eles vão embora.

Recolhendo as tristezas, os medos que os perseguiam no mato. Afastam-se. Agora já se foram.

Não há mais fantasmas, não há mais sombras cinzentas, não há mais soluços nas moitas quando Kitsidano se deixa cair diante do mar.

À beira d'água, uma garça branca dá alguns passos rápidos onde a onda recua. Então levanta voo.

ato III

Na casa da dança

1

> O estudo da aprendizagem da visão por pessoas cegas de nascença que foram operadas com sucesso poderia constituir por si só uma ciência, de tal modo o testemunho dos jovens agora dotados de visão traz informações novas e surpreendentes que dizem respeito ao mesmo tempo à psicologia, à filosofia e à medicina.
> A experiência dos cegos é tão inconcebível para nós que enxergamos que até as palavras para descrevê-la, forjadas no mundo da visão, são extremamente limitadas.
> Durante 30 anos, dediquei-me a recolher todos os relatórios de operações de pessoas cegas de nascença (a maioria delas com catarata) que pude encontrar, tanto na Europa como na América, onde residi durante algum tempo. Eu mesmo realizei muitas operações.
> A aprendizagem dos jovens que recuperaram a visão oferece um material tão estranho que a análise desses dados requer, sem dúvida, uma sensibilidade particular que às vezes falta a nós, cientistas.
>
> Barthélemy Racine, O *olhar novo*, p. 3.

Paul levanta o nariz do livro depois de pinçar uma expressão, que descasca como se fosse uma castanha tirada das brasas, a cabeça apoiada na vidraça, enquanto o campo passa ao ritmo espasmódico do trem.

Tudo lhe interessa, tudo o faz arder. Ele não esperava que um médico falasse sobre esse "assunto estranho" no qual ele acredita ser o único a se meter.

O que está em questão aqui o obceca desde sempre, a tal ponto que na maioria das vezes ele se impede de pensar a respeito.

Nascer para o que vê. A ambição parece excessiva. Ele conhece a longa ascese, os sacrifícios. E por ter roçado naquilo algumas vezes, o resto lhe parece insípido, mesmo que tenha sido exposto nos salões.

"Não saiba nada, esqueça tudo": é o que ele diz a si mesmo assim que se senta numa pedra em meio à mata mediterrânea, o que murmura para si mesmo debaixo do chapéu, diante do cavalete, quando sopra os pincéis, como uma exortação.

Não saber nada acerca daquele pinheiro à sua frente, debruçado sobre o vazio. Recebê-lo do modo como surgir. Com seus toques de cores misturadas à resina. Seus galhos pesados agitados por esse vento de penhasco. Com o murmúrio, ao fundo, do riacho lá embaixo no vale.

Receber tudo isso primeiro, mas não se aferrar ao que recebe. Não se apegar a nada. Os olhos posicionados como uma armadilha, uma oração, onde aos poucos imagens e palavras se desintegram, com a memória presa ao lugar, com o corpo que transpira, com o peso das coisas, sua pobre vida, o cheiro de alho na ponta dos dedos.

Os olhos posicionados como uma armadilha, uma oração, onde aos poucos tudo fica claro. Tudo se simplifica. Até permitir – às vezes, nem sempre, infelizmente muito poucas vezes... para falar a verdade: tão raramente – permitir ao que já não é um pinheiro, o que já não é nem o vazio, o que já não é um riacho que, no entanto, flui, que flui lá embaixo, no fundo desse vale, deixar-lhes tanto espaço, nessa rede de oração, tanta latitude para que possam finalmente nascer, ousar a primeira vez.

Onde está, então, a diferença entre o que olha e o que é olhado? Onde estão os olhos? Onde está a árvore – aquela cujo nome ele não sabe mais? E como encaixar tudo isso, todo esse nada, num quadrado de tela pintada? Como?

Mas o trem diminui de velocidade. É sempre necessário retornar ao mundo. A essa voz que grita: "Tarascon!". A essa mula parada no meio dos trilhos. A esse compartimento do PLM, Paris-Lyon-Marselha. A essa mulher diante dele com um chapéu preto e sua barafunda de penas e flores artificiais. Esse homem cortando fatias de salsicha no verso de um livro-caixa.

Se o espaço é uma experiência para a pessoa que enxerga, se ela tem dele uma consciência profundamente enraizada, o que dizer do cego com catarata? Será que os seus sentidos suplementares (tato, audição, olfato) permitem que desenvolva uma consciência espacial? Qual é, por exemplo, sua experiência do "longe"? Será que sua primeira impressão visual lhe aparece ou não em relevo, após a operação?

É importante já de saída insistir no fato de que o cego obtém o seu vocabulário dos que enxergam. Como a nossa linguagem é muito pobre na esfera do tato, a pessoa cega deve confiar em palavras que evocam, para a pessoa que vê, impressões muito diferentes daquilo que constitui a sua experiência. Da mesma forma, as palavras que aquele que enxerga usa para descrever o espaço são percebidas pelos cegos de acordo com uma experiência completamente diferente. Nessas questões, fazemos, portanto, uma grande aproximação.

Barthélemy Racine, O olhar novo, p. 13.

Os olhos fechados, as mãos sobre os joelhos, Paul se imagina sentado ao lado dos cegos, na antecâmara do olhar.

Será que é de tanto roçar nos muros que eles ainda trazem esse cheiro de salitre, poeira e ferrugem?

Falando em voz baixa, o corpo enterrado nessas roupas um tanto largas e um tanto sem graça que foram escolhidas para eles, pode ouvi-los respirando, agitando as pernas, divididos entre o que estão prestes a deixar para trás – esse mundo transverso todo demarcado com dedos, línguas e respirações – e o que vai se abrir amanhã, de que nada sabem.

Nada se exprime, contudo, nessas fisionomias de torpor, nesses rostos impassíveis, que escutam, como os pássaros, com um ouvido e depois com o outro. Com essa pupila lunar, um pouco lactescente (como o pó gorduroso das asas da mariposa). E essa "grande aproximação".

Para eles, empoleirados à beira do vazio, trêmulos antes de voar, com as pálpebras bem abertas, ele gostaria de dizer que não se preocupem com as palavras.

O que podem capturar, imersos como estão nesse crepúsculo?

De que serviria se esforçar para descrever o que em breve vai se dissipar?

No fundo, mesmo que vejamos com clareza, o que sabemos desse longe?

A realidade cansa, depois de um tempo; até mesmo aquilo que a palavra retém começa a se entediar. Seriam necessárias palavras mais novas, um pouco do mesmo caráter, palavras de musculatura e impulso, escoradas na questão. Palavras de terrível nudez, que só aspirariam a testemunhar sua impotência, mas contanto que ainda lhes fosse permitido manter-se na primeira fila daquilo que já nem sequer esperam nomear.

Seriam necessárias palavras como aqueles brotos de videira que ainda mantêm sua forma, deitados diante das chamas: um galho fino em seu traje de cinza, as gavinhas como cabelos encaracolados. Esses brotos que de repente se transformam em pó quando o fogo começa a tossir.

Seria necessária a poesia.

A esses, empoleirados à beira do vazio, trêmulos antes do voo, a esses Paul gostaria de confidenciar como, quando lhe vem a visão, ele se esquece de ver para subitamente se infundir no olhar do mundo, onde o espaço e o tempo se encontram integralmente. E como as pálpebras das feras, das rochas, das montanhas e dos ventos se abrem de repente, assumindo cada uma a sua cor, matizes flexíveis, perfumados e ressonantes, manchas tão vivas que ali tudo se mostra, como no reflexo de uma gota d'água.

Só a esses gostaria de confidenciar novamente que o olho não guarda nada, que ele é como esse broto de videira todo comido pelo fogo: apenas uma pobre cinza desfiada.

Mas eis o inspetor de bilhetes. É sempre necessário retornar ao mundo. "Diabo, onde foi que coloquei o meu?"

O homem que há pouco estava cortando a salsicha fala da mulher nua, presa mês passado no expresso Marselha-Lyon. Com o cabelo solto, ela corria pelos corredores gritando. Ele a viu descer entre dois soldados na parada de Valence, enrolada num lençol.

Paul a imagina nessa estranha crisálida, com uma longa cabeleira castanha, de pé diante de seus olhos. Então, depois que as vozes diminuíram, ele volta ao livro.

Trata-se de Esther, uma cega de Mulhouse:

> Para quem os homens, as árvores, os candelabros e os cabides de pé pertencem à mesma família, dotados de tronco, de galhos...
>
> Barthélemy Racine, O olhar novo, p. 67.

O médico fala de um "pensamento construído em esquemas a partir de impressões táteis". O pintor assente. As palavras de Esther o encantam. Sente ali o início de um caminho: desenhar o homem como uma árvore, sem a menor preferência, sem outro critério que não o modo como a luz o honra, molda e anima. Colocar no olhar que se abre essa igualdade absoluta, em que o tema da pintura conta menos do que a verdade do surgimento, onde cada ser, cada coisa que aparece na tela revela uma lasca dessa consciência que flui sem ruído sob o anódino.

Qual a diferença entre o reflexo do rosto que ele vê na vidraça e a maçã que outro dia pintava, aquela maçã que estava sentada bem ereta, irradiando presença no canto da toalha onde ele a colocara?

Sim, os cegos têm razão, tudo se mostra nessa simplicidade estonteante, nesse cântico do paradoxo, em que a identidade importa menos do que o que se entreabre por baixo.

2

"O olho não guarda nada", reflete o pintor, "mas se faz no ser como uma marca, uma baliza. Com o tempo, reconheço mais depressa."

Da soma dos seus êxtases, Paul fez um relicário: uma caixa cheia de cinzas e estupores, mas onde ainda permanecem algumas fragrâncias dessa infância, milagrosamente intacta, que nada soube atrofiar.

Não é o pintor aquele que sabe carregar até o fim dos anos, e sem perder uma só gota, a tigela cheia da água vivente dos primeiros tempos?

Quando ele dizia "Nós três e o cachorro!" ao sair para caminhar pelas colinas, com Émile e Baptistin, em fila única. O cachorro levando os tordos. Quando, a cidade deixada para trás, paravam ao mesmo tempo, sufocados por aquele grande silêncio de cigarras, de papa-figos, de um vento correndo feito um riacho no alto dos pinheirais. Silêncio que fazia com que esticassem o pescoço e baixassem a voz.

Partiam a fim de inventar para si mesmos uma vida selvagem, levando o canivete, o livro de poesia, o cachimbo e o estilingue. Tribo errante, buscavam pelos caminhos vestígios de uma genealogia obscura que exumavam ao pé dos *tumuli*, pedras eretas e que faziam deles descendentes de um daqueles povos que erguiam altares no topo das montanhas e se vestiam de vento.

Acima de tudo, partiam para esquecer suas famílias, aqueles dias insignificantes, de monotonia exaustiva, em que tinham de ouvir, de cabeça baixa, aquelas verdades aprisionadas, marteladas como fileiras de números. Ou, na outra casa, aquela tristeza que as mulheres declinavam a cada respiração, desde que o pai desaparecera em três dias, fulminado pela pleurisia.

Tinham se conhecido no internato. Paul e Émile.

Fazia meses que se observavam do banco, dos degraus das escadas, daqueles pobres entrincheiramentos onde os excluídos ficam tacitamente confinados nas escolas.

E de repente Paul se levantou e foi em direção a Émile, aquele "francezote" míope, que corava com facilidade e que as crianças perseguiam, zombando de seus erros de pronúncia, de sua pobreza de órfão.

O que levou aquele taciturno a atravessar de repente o pátio com a intenção óbvia de ir ao encontro do proscrito? Tanto que as outras crianças quiseram impedi-lo: teve a roupa puxada, levou golpes, rolou no chão, mas ainda assim voltava a se levantar, ainda assim caminhava na direção dele.

Ele jamais há de manifestar uma predileção tão forte por qualquer outra pessoa. Jamais, em nenhum outro momento de sua vida.

Será que percebeu naquele menino a possibilidade de uma abertura? Será que o reconheceu como o portador de um sonho, feito ele próprio – tornar-se pintor, num caso, e escritor, no outro?

Mal foi confessado, o sonho lhes pareceu tão frágil que o levaram consigo para aumentá-lo nas colinas. Quem melhor do que a natureza poderia acolher tal busca, oferecendo às suas menores palavras um espaço de espalhamento e eco que as alimentasse? Haverá espelho melhor para os impulsos da alma do que essas colinas de zimbro, essas saliências calcárias ensanguentadas de pigmentos?

Foi assim que um aprendeu a "andar como um pintor" e o outro sentia o caminho passar sob seus pés como uma palavra silenciosa, enquanto seu coração se afastava para abrir espaço ao livro que ainda não estava escrito, mas que já pousava sobre as folhagens circundantes um olhar fecundado.

E Baptistin que os seguia, ouvindo-os, concordando em tudo.

Terão conhecido alegrias maiores do que no rosário daqueles primeiros tempos? Feito pardelhas, ondulando apenas para exibir a cintilação e se dando mil pretextos para isso: uma pescaria, declamar alguns versos, acender uma fogueira, procurar uma gruta para se deitar no feno e conversar até de madrugada.

No verão, viviam nus, deitados à beira do Arc, tão absolvidos da realidade que lhes parecia terem atravessado a cortina dos mundos para viver num tempo suspenso, impregnado de mitologias e sonhos, quando viam formas vaporosas dançarem sobre a água. Ou surpreendiam uma flauta que saía dentre duas rochas, do fundo de uma ravina.

Às vezes, ao entardecer, sentiam a areia morna se agitar debaixo da sua barriga como uma ninfa adormecida.

Os seis anos dessa amizade absoluta decidirão a vida do pintor. Enquanto Émile, que foi morar em Paris, escrevendo nos jornais, frequentando a sociedade, vai se tornar esse escritor famoso, Paul permanecerá até a morte no mesmo lugar onde se separaram, percorrendo diariamente os caminhos aonde iam, tornando-se pouco a pouco, aos olhos dos outros, esse pintor fracassado, rejeitado pelos salões.

Existem os extravagantes e os necessitados. Levados pela mesma busca, os primeiros partem mais depressa, depois perdem o fôlego, sobrecarregados com aquilo que são, enquanto os outros tropeçam, hesitam, mas com a leveza dos simples, que só se apossam daquilo que lhes diz respeito, com a teimosia amorosa da língua de um caracol sugando a pedra – e se esquecendo, para abrir caminho: se esquecendo.

Um necessitado, então. Mas isso não explica tudo. Resta algo de insondável nessa peregrinação obstinada e metódica, que empurrava o pintor todas as manhãs pelos mesmos caminhos da infância, de Bibémus ao Tholonet, agachado na gruta, deitado à beira do rio, despertando os fantasmas, naquela solidão absoluta e com todas as aparências do fiasco; algo que, no entanto, percebemos como uma lealdade, um compromisso cego, que tem algo do homem e do cachorro velho.

Impotentes para compreender o que alguns viram – o próprio Zola – como a mecânica absurda de um cérebro perturbado, só nos resta seguir os passos do pintor, caminhar um pouco atrás dele. Seguir pelo caminho sob os pinheiros depois do aqueduto, entre as roseiras selvagens e as azinheiras. Passada a segunda curva, quase tendo esquecido a cidade, parar por um momento no limiar desse grande silêncio, que se estende como um mar para lá de campos e colinas. E, subindo mais um pouco até a antiga pedreira, sentir mesmo nos locais remexidos ou revolvidos pelo homem, nos montes de pedras, nos cortes frescos, a mesma escuta paciente dos locais que permaneceram intactos, esse acolhimento absoluto, incondicional.

Sentado diante do vazio onde ele está, o que vemos? A terra que trouxe sua alegria, território dessas buscas desesperadas com Baille e Zola.

Quando os amigos partiram, essa rede de caminhos se tornou o cadinho das suas resoluções mais íntimas, testadas pelo próprio lugar, ao longo de uma prática, de um confronto implacável que o instruiu como todas as sabedorias: sem sinais aparentes.

Depois de muitos anos, ele compreendeu que a escadaria de mata mediterrânea, de colinas e abismos que a montanha de Santa Vitória estende até o horizonte era o seu templo.

Todas as manhãs, quando sai para pintar a paisagem, recorre a essas testemunhas, divindades minerais, amadeiradas ou líquidas, atravessado por essa certeza de que o que procura está para lá do tempo dos homens, para lá do que eles veem: esse inesperado que surge todas as vezes parece ter estado lá desde sempre, esse eterno presente.

Nessa oração de pequenos passos, ele é o fluxo da resina no tronco do velho pinheiro, o caminho da formiga na fenda da rocha, o turbilhão de palha branca no fundo do campo após a colheita.

Ele é, sobretudo, a Montanha, erguida diante dele a cada momento: essa forma, esse vazio, esculpido pelas luzes do vento.

3

A noite já caiu quando uma jovem desliza para dentro do compartimento sem fazer o menor barulho. Ele sabe disso apesar de suas pálpebras fechadas. Devido a essa mistura de almíscar, heliotrópio e baunilha. Mas sabe disso sobretudo pela forma como o ar se espalha ao redor dela, sem redemoinhos, como uma água. Ele entreabre os olhos por um momento. Sim, é isso mesmo: gola de renda, véu rente ao rosto, amarrado no coque... uma jovem.

Essa presença o enternece, ele que macerava no aborrecimento, o livro fechado sobre os joelhos...

O olhar novo não cumpriu todas as suas promessas. Que necessidade tinha o autor de se debruçar tanto sobre o estado dos cegos antes da operação? Sobretudo: por que não anunciou no início do livro que os depoimentos dos pacientes, recolhidos por toda parte na Europa e nas Américas, seriam registrados num segundo volume?

Ele se alegrava tanto em caminhar atrás desses novos videntes, em escutá-los falar. É também que esse doutor Racine tem a arte de seduzir o leitor com fórmulas... "A sensação pura..."

> Quando abre os olhos pela primeira vez após a operação, o paciente atravessa um estado de pura sensação visual. Esse estágio inicial não tem, por enquanto, outro efeito senão o de tirar o paciente de sua passividade para confrontá-lo com o caos de cores que se apresenta a ele.
>
> Barthélemy Racine, *O olhar novo*, p. 270.

– Por todos os diabos! E o livro que termina aqui e me deixa feito um idiota!

As luzes noturnas estão acesas, as pessoas se enrolam nos cobertores. O frio aperta as narinas, deixa as paredes mais próximas, aguça os ângulos. Tanto que ele pensa em Paris, dá um tapinha na carteira com o endereço do médico no fundo do paletó. Passar no *père* Tanguy para comprar alguns tubos. Ele terá tempo de pintar uma ou duas telas e dar um passeio no Louvre para desenhar...

Mas talvez tenha partido para Paris depressa demais? Será que o doutor Racine ao menos recebeu a carta?

4

Sim, a carta chegou na mesma manhã. Deslizaram-na por baixo da porta do quinto andar da rue du Cygne, onde moram Barthélemy Racine e Kitsidano. Aqui no bairro eles são apelidados de "os Peles-Vermelhas". Quando as pessoas os veem passar, agarrados um ao outro: ele com sua sobrecasaca desbotada, ela com o cabelo solto, penas nas orelhas, os pés calçados com mocassins...

Trazida à casa dos Peles-Vermelhas, portanto, pela zeladora, uma carta de um certo doutor Robuchot, oftalmologista de Marselha. Ele escreve para lhe recomendar um paciente: Paul Cézanne. Barthélemy interrompe a leitura por um momento. Será que conhece esse nome?

Segundo o médico, o homem é "selvagem", passa os dias pintando nos morros, reclama de ofuscamentos. Sofre de diabetes. Presunção de catarata, mas o diagnóstico não é certo.

— Como assim, "não é certo"? Será que ele sabe usar o oftalmoscópio, esse senhor Robuchot? Que ele o mande a um colega em Marselha. Não há necessidade de fazê-lo vir até Paris por tão pouco!

Barthélemy está prestes a lhe responder, mas, ao reler a carta, percebe que o homem já está no trem.

E é um pintor...

Para falar a verdade, ele não gosta da ideia. Desconfia dela. Embora nada conheça de pintura, sempre nutriu descrença em relação aos homens que afirmam encerrar um pedaço de realidade num quadrado de tela pintada.

Os dons lhe parecem ser tão compartimentados no mundo em que vive.

Certamente existe habilidade na reprodução, moendo terras e pigmentos. É incontestável. Um belo trabalho sobre a luz. Belos desenhos. Mas ele não gosta dos museus. Essas imagens espetadas e emolduradas como as vespas coloridas de Ralph Laube e que não têm mais nada de vivo.

Pouco antes das barricadas de 1848 ele tinha ido, a convite de um amigo, a um daqueles salões oficiais onde eram expostas as telas dos alunos da escola de Roma.
Havia Vênus, gregos, romanos, os corpos eram tratados segundo os cânones do Renascimento italiano, muita competência. Mas ele ficou entediado.
Ao sair, tinha atravessado o jardim de Luxemburgo; o gelo cobria os ramos, as rosas murchas, o ferro forjado de cristais exuberantes em que um sol frio imprimia todas as cores.
O jardim brilhava por toda parte, como num conto de fadas. Uma beleza tão prodigiosa que ele parou.
Ao seu redor as pessoas transitavam apressadas, correndo para suas obrigações e tarefas. Ninguém parava para olhar o jardim. E de repente o lugar lhe pareceu esquecido. A tal ponto que ele sentiu vergonha daquele ir e vir mecânico que considerava um sacrilégio.
Os únicos olhares disponíveis da cidade tinham marcado encontro do outro lado do Sena, para admirar, nos corredores do salão de pintura, aquelas cenas de um outro tempo.

O que acontece com as coisas que não são mais olhadas?
Ele sente o mesmo vazio, desde que voltou dos Estados Unidos, quando anda pelas calçadas, margeia as vitrines iluminadas: a impressão de caminhar sobre fantasmas.
O que fizeram com quem morava ali, martelava o ferro, separava o lixo, passeava com a cabra? O que aconteceu com aquela floresta de casebres barulhentos que misturavam suas folhagens na fumaça do crepúsculo, onde a chuva liberava riachos que corriam pelos cantos dos telhados, esverdeavam as fachadas, crepitavam nas bacias dos pátios, levantavam uma lama espessa agitada pelos passos dos cavalos?
Todos sabem que, depois das revoltas de junho de 1848, as grandes obras de renovação consistiram principalmente em expulsar

os trabalhadores do centro da cidade. Mas a alma desses bairros, destruídos depressa demais, ainda flutua por toda parte.

Ele tem saudades daqueles compridos alpendres que em certas tardes de verão assumiam a sombra avermelhada de um beco sob as árvores. E a estalagem. E a pereira da rua sem saída.

Quem será que vê esses espíritos cambaleantes, parados em frente a um edifício, encostados atrás da vidraça e procurando, entre os puxadores de cobre, na entrada de azulejos de mármore branco, alguns vestígios da casa onde nasceram? Eles têm os rostos enegrecidos pelo carvão das barcaças onde se refugiam todas as noites para dormir. E são eles também que agitam a trouxa na avenida cheia de crinas e chapéus envernizados.

Tanto que Barthélemy Racine considerava a pintura apenas como esse olhar seletivo que só sai de suas pomposas mitologias para os retratos oficiais, as entregas de medalhas, os relatórios de recepções.

Ele já não comparecia a qualquer exposição quando conheceu, num café do boulevard des Italiens, esse excêntrico e afável romeno. O homem, que se chamava Marcus, alegava colecionar as pinturas. Como Barthélemy desse de ombros, ele começou a lhe falar de Pissarro, um dinamarquês cujas telas eram constantemente recusadas nos salões.

O homem, que vivia com a família em miséria extrema, tinha atravessado todas as insurreições, as fomes, o cerco de Paris e as repressões sem jamais negar o que quer que fosse de si mesmo.

Mas vendia pouco. Alguns aposentados como Marcus pagavam as despesas médicas, às vezes compravam uma tela, davam-lhe o que comer.

O romeno se levantou. Já havia pegado a bengala e colocado o chapéu.

Se ele quisesse dar uma olhada, o ateliê não ficava longe. Barthélemy hesitou por um momento. Depois partiu com ele para a Chaussée-d'Antin.

Àquela hora, duas cidades se cruzavam: a que voltava do trabalho, arrastando o tamanco, a cabeça desaparecendo sob a boina, ou então enfiada no ônibus, a criança sobre os joelhos.

E havia a cidade que acabava de acordar.

Esta última tinha se demorado no banho. Dava para ver no canto dos lábios o resto de açúcar de confeiteiro de um daqueles doces macios, mordiscado num templo da gula, com pequenas colunas e espelhos por toda parte.

Dava para adivinhar que aquela cidade hesitara, ao se aprontar, entre dois ou três vestidos. Ela viajava principalmente de carruagem ou coche de aluguel, debaixo do último modelo de chapéu de palha branca, forrado de cetim vermelho, uma coroa de rosas com folhagens e botões.

Passando por um alpendre, atravessaram um pátio até um edifício envidraçado onde o sol poente ainda entrava. Por toda parte, nas paredes, uma infinidade de telas pintadas. Abertos sobre mesas e consoles, alguns leques, cobertos com pinturas de flores e pássaros.

Barthélemy sentou-se numa poltrona, sob a claraboia, enquanto Marcus abria um cavalete no qual colocava um quadro desse senhor Pissarro, de quem tanto havia falado.

Era uma paisagem de inverno, onde, numa manhã de geada branca, avistava-se um homem de costas, um feixe de galhos nos ombros, subindo uma estrada rural, um cajado na mão.

A cena era de uma simplicidade absoluta. Para além dos campos arados, só era possível distinguir algumas árvores frutíferas nuas, uma mó, um arbusto e aquele céu um pouco rosado. Recém-saído de sua noite.

Primeiro Barthélemy teve uma impressão de nebulosidade, como se a pintura também tivesse retido o lacrimejar do pintor, de pé com seus pincéis no frio intenso.

Então, logo a seguir, sentiu-se levado a uma realidade mais viva, onde, revelada pela poeira da luz, a paisagem tinha algo de sensível, de palpável.

Olhando para essa pintura, sentia-se que a única opção disponível para o pintor era avançar naquele caminho gelado, ao lado daquele velho camponês, com uma honestidade inquestionável. E muita humildade.

Ele pensou naquelas Vênus lânguidas em clareiras sem surpresas e sem horas.

Aqui, era possível ouvir o gelo estalando sob os tamancos do camponês.

Apreciava acima de tudo o rosto enrugado, a face áspera e azul da terra, naquela manhã de geada branca, quando o homem tão curvado e tão velho quanto o mundo parecia carregar nos ombros o fardo de uma estação que se completava.

O pintor captara sobretudo aquele instante de harmonia, quando tudo estava em ordem: do monte de feno às árvores frutíferas podadas, o andar lento do camponês. Tudo igualmente ligado por uma vitalidade profunda que parecia se elevar dos campos naquele vapor um pouco orvalhado.

A sombra dos choupos vinha trazer a sobreposição de uma escrita tão concreta quanto a terra dura onde se refletiam. Pois eles a zebravam e reviravam tão evidentemente quanto um arado.

E isso também lhe agradava, o fato de que a fugacidade de uma luz fosse recebida por tudo ali, e tivesse a mesma consistência do campo que a acolhia.

Essa impermanência dava uma sensação de leveza.

De liberdade, sobretudo.

Seria o cuidado especial com que ele traduzira cada respiração, cada presença em torno do velho curvado?

A paisagem não tinha nada de comum, vibrava de assentimento e consciência, como um grande animal deitado de lado cujo olhar respirava bondade.

Barthélemy se deteve por um momento diante da tela, as mãos unidas.

Ao longe, dava para ouvir o tumulto da cidade.

"É o frenesi que prende o olhar à superfície das coisas. Como vamos contemplar o céu, parar diante de um rosto, quando a cada momento o que importa é não ser derrubado na rua?"

É que se trabalhava em toda parte, como sem dúvida nunca se havia trabalhado em toda a história da humanidade. Dia e noite, em apartamentos, oficinas de fundo de quintal, fábricas, barracas, depósitos, caves e sótãos. Por toda parte havia agulhas para furar couro, máquinas para triturar, rebarbar, polir, fatiar, com todos aqueles estalidos, aqueles guinchos, onde o homem estava atrás, com a carne tenra e o cansaço. Onde o homem importava tão pouco.

Sentado diante da tela, Barthélemy Racine tinha a impressão de sair de um longo torpor com uma mistura de dor e alegria.

Seus olhos haviam esquecido a beleza.

Levantou-se.

– Posso ver outras telas?

– O senhor está aqui para isso.

Ele havia atravessado o ateliê, magnetizado por aquele rosto, no chão diante dele, projetando-se entre duas molduras. Marcus pegou a pintura e a colocou no cavalete.

– Este quadro não me pertence. O pintor, senhor Monet, me pediu para guardá-lo por um tempo...

Era o retrato de uma mulher morta, uma jovem que fora a modelo, a amante, a esposa do pintor. Camille Doncieux.

Podia ser vista deitada como uma noiva adormecida, um buquê de rosas no peito e a cabeça e o corpo envoltos em tule.

Magnético, estranho: sentíamos que a tela tentava traduzir um mistério absoluto.

E foi isso sem dúvida o que levou o pintor, no dia seguinte àquela noite de agonia, a se levantar subitamente para ir buscar os pincéis, a paleta, montar o cavalete ali mesmo ao lado da cama.

Porque sentia-se o irreprimível, e como nessas terríveis circunstâncias o gesto o ultrapassara.

O que ele viu naquele quarto que lhe pareceu imperativo fixar? Barthélemy voltou a se sentar de repente, cambaleante.

Aquele quadro o levava de volta ao apartamento na rue Saint-Antoine, onde sua mãe, Ida, morreu assim que lhe deu a vida.

Ali ele tinha diante dos olhos o que sempre esperara ver: a imagem evaporada, a lembrança oculta de uma mulher que partia.

No fundo, não importava que pudesse ser outra mulher morta, e não sua mãe; o que ele olhava vibrava com uma verdade profunda. Por meio de que milagre o pintor tinha conseguido captar o que flutuava no intervalo – aquele suspense depois do último suspiro, em que a morte ainda não se estabeleceu mas a vida já não existe?

O mais incrível, e sem dúvida o mais desconcertante, é que ele reconhecia nessa tela o que vivia desde sempre junto aos seus cegos. A mesma atmosfera, mas sobretudo a mesma agitação nas cores.

Barthélemy Racine não suspeitava que a pintura pudesse ir tão longe, que pudesse explorar com tanta precisão a pequena música dos limiares, mergulhar assim nas bordas e tocar o inesperado.

O mistério que a tela tinha sabido captar não transparecia no rosto da morta – já tão impassível e quase evaporado –, mas no que se passava à sua volta: essa sarabanda quase alegre no tule, nas flores. Esse rodopio.

Ele tantas vezes surpreendeu, ao tirar as ataduras, essa impaciência, essa exaltação das luzes, reavivando as menores coisas, a alegria do mundo, impaciente em se oferecer, que imediatamente reconheceu o movimento inverso: esse mundo que recuava.

A rainha havia saído da colmeia e o enxame se formava: tons, nuances, zumbindo, pronto para levantar voo.

Dessa estranha cerimônia, do ritual enigmático e comovente que tinha diante dos olhos, o pintor havia conseguido captar cada passo, até os menores detalhes. Mostrar como as cores se retiravam, deixavam o corpo após o último suspiro, com esse ímpeto cujo traço ele conseguira apreender e cujo reflexo conseguira, com pinceladas frenéticas, assimilar.

Olhando para a tela, adivinhava-se que o artista estava como que estarrecido diante do que tinha sabido captar.

Ele que desde sempre moía os pigmentos, misturados com água, óleo de linhaça, um pouco de noz, alisados por horas, certamente acreditava que as cores eram mais fiéis. Mais materiais também. Se às vezes as vira murchar, rachar ou ressecar, descobria naquela manhã, sentado ao lado da morta, que suas queridas cores também desapareciam.

Como poderia imaginar que a presença de um ente querido e a densidade de um corpo dependessem de alguns toques de luz, prodigiosamente temporários, colocados como as escamas sobre a asa de uma borboleta?

E eis que ele os surpreendia naquela manhã em sua última reverência, vindo se inclinar diante da máscara impassível: aquele empoeiramento, aquelas lascas minúsculas que tinham moldado amorosamente a jovem durante toda a vida, e que ele via ascender e flutuar no ar por um momento, antes de ir embora.

Enquanto no coração da nuvem, por trás das pálpebras fechadas, o rosto da morta expressava consentimento absoluto.

5

Barthélemy acorda de repente, tendo esticado o braço, sentindo o lençol gelado ao seu lado. O dia começa. Batem as sete horas em Saint-Eustache.

Ele sai da cama e caminha em direção à cozinha.

– Kitsidano?

O fogão está apagado. Ele atravessa a sala.

– Kitsidano!

Abre a porta do escritório. Volta para o quarto, entra no vestíbulo.

O xale não está mais lá, nem o cajado.

Atordoado, ele vai até a sacada. Mãos cerradas no parapeito, o olhar percorre a rua, entre os varredores, os vendedores de bolos, os vendedores de brasas, as criadas com o cesto. Procurando por ela em todos os lugares, procurando por ela.

De volta à sala, ele dá uma ou duas voltas na mesa e depois se senta. Kitsidano em Paris!

A ideia o apavora tanto que ele se levanta e volta a andar.

O que ela foi fazer sozinha nessas ruas populosas e barulhentas, ela que nunca andou a não ser de braço dado com ele e entende tão mal o francês?

Como ela saberia se orientar no meio de tamanha confusão? Sem falar das pessoas que ficam atentas à menor oportunidade para...

Ele se lembra de como ainda na véspera ela se sobressaltou com o guincho das rodas do bonde, ou como certos odores, certos lugares despertavam nela medos tão grandes que ele imediatamente teve de trazê-la de volta.

Não, ela nunca teria saído sem ele...

Com passos rápidos, ele retorna à entrada. Mas não há desordem alguma ali. Além disso, ele teria ouvido se alguém tivesse vindo levá-la.

"Já estou divagando", pensa Barthélemy Racine, andando em direção ao banheiro.

A cabeça inclinada debaixo da torneira, ele deixa a água fria escorrer pela nuca, pela barba, pelas bochechas.

Vestir-se primeiro, depois sair e procurar por ela.

"Não é uma mulher como as outras."

Ele se acalma por um momento, pensa em tudo que sempre acompanhou Kitsidano: esse tambor, a fumaça ondulante que sai de seu cachimbo e com a qual ela gosta de conversar. Tudo o que ele nunca entendeu muito bem, mas que dá uma espécie de força à sua esposa. Sempre sentiu isso.

Pensa também naquelas cestinhas que sua mãe lhe deixou. Quase do tamanho de uma unha, maravilhas de meticulosidade, onde moram espíritos, segundo ela. Mais parecem ter sido tecidas com o vento, de tão finas, com uma concha incrustada, uma pérola, e aqueles babados de penas de tordo ou verdilhão...

Então, vestir-se primeiro, depois sair e procurar por ela.

Ele já abriu as janelas, para mergulhar com ela um pouco nesse banho de fumaças e gritos.

Kitsidano em Paris! Seu coração voltou a bater com as pontadas da preocupação.

Na hora de sair, ele volta a se sentar.

"Meu Deus, em toda esta cidade, aonde ir procurar por ela?"

Perto do colete de pele de coelho, ele vê o apito de sabugueiro, ornado de penas.

Coloca no pescoço. Anda em direção à porta.

Um homem está ali, no capacho, e já ia tocar a campainha. Um homem com um chapéu redondo e olhos vermelhos.

– Senhor Racine?

O sotaque é meridional. Uma voz suave, quase abafada.

– Sim, sou eu. A quem devo a honra?

– Senhor Cézanne, de Aix-en-Provence. O senhor Robuchot, oculista da rue de Paradis, em Marselha, escreveu-lhe uma carta de recomendação para mim... o senhor a recebeu?

– Ah, sim, sim, sim.

Eles permanecem cara a cara por um momento. Paul tem à sua frente um homem hirsuto, a camisa desabotoada e uma barba molhada pingando no colete. E esse apito curioso, pendurado na ponta de um barbante, no peito. Um assobio como o que se vê entre as pastoras. Mas estamos em Paris.

Sem saber o que fazer, ele se adianta porta adentro.

– O senhor permite?

– Ah, sim, sim, sim. Venha sentar no meu consultório, um instante...

Há realmente muitas penas nesse consultório. Com máscaras engraçadas, entre gravuras de ótica e esboços de anatomia. As grandes pedras na prateleira são fósseis, sem dúvida. Há similares na casa de seu amigo Marion.

Um curioso móbile – conjunto de madeira flutuante e amuletos enferrujados – balança acima de uma espreguiçadeira. Dispostos numa mesa ao lado: uma infinidade de ganchos, pinças, lancetas e lupas.

Diante dele, o homem não diz uma palavra. Presta mais atenção nos barulhos da rua, levantando-se ao menor guincho dos eixos para se debruçar na varanda. Depois volta com o rosto pálido, sem realmente se sentar.

– Como sabe, senhor Racine, sofro de ofuscamentos. O doutor Robuchot acha que é catarata. Ele me falou da sua máquina, a Hirudina. E também li seu livro...

Algumas batidas leves na porta. Barthélemy dispara rumo ao corredor, derrubando uma cadeira ao passar. Depois volta, rosto contraído, algumas cartas na mão.

– Senhor Cézanne, para falar a verdade, eu estava prestes a sair... O senhor poderia voltar, digamos, na quinta de manhã, por volta das onze horas?

O pintor se pôs de pé num pulo, com a ansiedade de quem, tendo a impressão de incomodar, quer desaparecer imediatamente.

Pensando que andava em direção à entrada, abre uma porta ao acaso, vai parar na sala, esbarra numa cadeira sobre a qual há um tambor. Na poltrona há roupas femininas, uma saia bem simples, um colete de pele de coelho.

Então Paul nota, acima da lareira, esse quadro de um camponês caminhando por uma estrada rural, um feixe de madeira nas costas, numa manhã gelada.

Fica tão surpreso ao encontrar aqui essa pintura do amigo Pissarro, na casa desse homem que lhe parece, para expressar o que pensa com a maior precisão possível, "completamente doido", que ele fica paralisado diante da tela.

Barthélemy abriu a porta do outro lado da sala.
– Venha, é por aqui.
Eles se deixam sem dizer uma palavra. Paul vai na frente do médico, que, de repente, quase empurrando-o, se lança escada abaixo.

Ele o encontra na entrada, conversando com a zeladora sob o pórtico.
– Quinta-feira de manhã! Onze horas, sem falta! – repete Barthélemy Racine, sem olhar para ele.

O pintor assente.

Já na rua, vê Barthélemy no meio da multidão. Com o assobio na boca, ele caminha depressa, soltando pequenos sons estridentes.

6

O que diabos um provençal como ele está fazendo em Paris? Como sempre, há esse momento em que surge a vontade de ir embora, enquanto ele abre caminho na multidão. Testa cerrada, cotovelos flexionados. À espera da menor olhadela para meter um murro.

Cada rua, por onde quer que passe, leva-o a uma desilusão.
Por ali: o salão dos recusados. Por ali: essa pretensa academia de pintura, onde ele não aprendeu nada. Por ali: esses vendedores de pigmentos com quem ele deixa em consignação algumas de suas telas, que acabam acumulando poeira numa vitrine imunda.
Por ali, ainda, o Louvre – onde, diante das telas de Rubens e Poussin, ele tira a medida de suas limitações.
Quem está esperando por ele, aqui? Até mesmo essa mulher que vive na sombra, cria seu filho, lava suas camisas, prepara sua sopa – o que ele tem, no fundo, a lhe dizer?
Do que eles falam, senão de questões de dinheiro?

Não, ele não vai pegar o bonde para Saint-Lazare. Porque não irá até Medan.
Por lá também ninguém espera por ele.
As amizades forjadas nas colinas ao redor de Aix, alimentadas por uvas pretas e figos, tiveram o seu momento. Os juramentos pronunciados com voz trêmula diante da Santa Vitória se esvaziaram como balões diante do brilho das medalhas, do ouro fosco das salas de recepção.
Já não quer ser aquele para quem olham com ar de complacência quando abre o canivete, à mesa do escritor, sentado entre dois ministros.
O amigo magrelo das margens do Arc, o órfão solitário e gago do pátio do colégio Bourbon se tornou alguém importante.

Daqueles anos passados juntos, daquela enorme amizade que o impulsionou na direção da pintura, o escritor fez um livro, no qual Paul se reconheceu nos mínimos detalhes. Onde suas conversas, tão íntimas, são transcritas literalmente.

O romance – que, aliás, está vendendo bem – é a história de um pintor fracassado. Um homem que só sabe recomeçar indefinidamente uma tela que nunca vai terminar.

No final do livro, o homem se enforca.

No amargor da pele castanha que cobre a brancura da amêndoa estão os taninos de um veneno.

Ele é esse fruto: a casca dura e aveludada. É essa pele que envolve com explosões e cólera a semente suave como leite.

Ele é tudo isso ao mesmo tempo, Paul Cézanne.

Mas aqui, em Paris, só sente a casca e o amargor. Não sabe mais quem é.

Andando agora pelo boulevard Rochechouart, ele pensa em Richaud, um provençal dos arredores de Aubignan que tem uma sapataria na rue Ballu.

Cézanne vai a um licorista encher uma garrafa desse vinho azedo que vem das encostas de Montmartre e a que chamam "le Picolot".

Aqui, na loja, a cidade parou. Os passos frenéticos, o bater dos pés com força no chão e as deambulações aguardam nas prateleiras. Dispostos aos pares.

Sentado ao lado do tonel, a bigorna entre os joelhos, Richaud está entronizado no meio de sua loja, como um velho general de retaguarda, os dedos enegrecidos de piche, alguns pregos nos cantos dos lábios, o cabo de um martelo saindo de um bolso.

Falam por um momento dos campos por onde a cólera passou, esvaziando as fazendas e as aldeias. Como o espinheiro e a carqueja crescem nas vinhas. Como não há mais ninguém para limpar as nascentes, consertar as muretas.

Falam dessa terra que se torna selvagem quando o homem já não está ali para servi-la, para cuidar dela.

– E se você tivesse visto ele com o apito! Isso me deixa desconfiado. Ele me disse para voltar na quinta-feira. Só que eu não estou com vontade de ir...

– Mas é um pouco idiota, se você veio até Paris para isso.

– Tem um monte de penas na casa dele.

– Grande coisa. Contanto que ele cuide bem de você.

As botas parecem assentir. Retorcidas, deformadas, sujas da lama dos subúrbios, têm as nucas cansadas daqueles que acompanham com uma devoção sem limites.

Quantas vidas desfeitas entre o cabaré popular e a cama? Quantos passos de dança, refrões?

Enquanto esvaziam a garrafa, um debruçado sobre o avental de couro, o outro olhando as pessoas que passam na rua, eles conversam em provençal, cada um zombando do sotaque do outro. Antes de reanimar essas palavras, tão moldadas pela terra que habitam a ponto de já não serem mais as mesmas depois da ponte, na aldeia vizinha.

– Feito os pássaros – diz Richaud. – Notei que os tordos de Aubignan, onde eu ia à escola, não tinham o mesmo sotaque dos de Sarrians, onde morava com minha mãe...

7

Kitsidano acordou no meio da noite porque o vento soprava forte. Pegando o xale, foi até a sacada.

A cidade não dormia, embora já passasse da meia-noite. A carroça de um camponês marchava em direção a Les Halles no passo lento dos cavalos. Misturado aos vapores de um barril derrubado, o ventre quente das aves de caça subia até a indígena.

Exaurido pelos imóveis, cortado pelas avenidas, o vento se reconstituía nos cruzamentos, no muro das igrejas, no ventre dos cemitérios para voltar a bater nas paredes, arranhar os telhados de zinco, uivar debaixo dos alpendres, nos becos sem saída.

Era um vento venerável, um vento de antes dos homens, um daqueles grandes anunciadores que gostam de tomar emprestado o leito dos rios a fim de levar para longe nas terras o cheiro de regiões remotas.

Esse vento vinha falar de um mar frio, que se abre duas vezes por dia para libertar campos de algas compridas, de onde o vento toma sua cor, um pouco avermelhada. De onde o vento toma seu espírito.

Não se sentia que vinha de longe, esse vento, repleto como estava de fumaças pesadas, de carvões, de frituras que tinham se agarrado a ele enquanto subia o rio, com o tanino dos trens de madeira, o fedor dos curtumes, que pendiam como capim sobre sua lã fluida. Dos quais não tinha como se desfazer.

Mas como seu canto continuava belo, debaixo do seu ouropel de odores, da flatulência das indústrias.

Amparado por rajadas e garoas, ele varria a cidade com a promessa de um mar extenso que fazia os prédios escorrerem como rochedos entre duas poças, revelava ondulações na crista dos paralelepípedos, invocava o espírito de uma baleia que subia lentamente a avenida, seguida por alguns peixes.

Há o vento primeiro, o manto do sopro, onde cada um toma sua parte na vida. Os ventos cardeais, mensageiros de sabedoria.

Há ventos de lua, ventos de estrelas. Ventos brilhantes e ventos opacos.

Há o vento sol que sopra até dentro dos pistilos das flores e faz um redemoinho na corola do dente-de-leão.

O vento profundo que sobe das entranhas do mundo a força e a inspiração das feras que são também espíritos.

O vento fraco de escamas, que ondula entre o mato.

O vento de pelos, cerrado em torno do olhar das feras, ali onde a floresta se envolve irresistivelmente como na cavidade de um sifão.

Há o vento que guia o voo da abelha rumo à pradaria de angélicas ou ao medronheiro em flor, o vento de agitação que põe na garganta do cervo o gemido das árvores altas.

Há o vento do animal selvagem que corre na frente do caçador. E atrás dos seus passos há ainda o vento do caminho que ele percorreu.

Tantos ventos, cada um levando sua parcela de vida no manto do sopro. Tantas maneiras de pronunciar o mundo.

Vento rolando na penugem do falcão que vai deixar o ninho, vento do esquilo subindo pelo tronco em zigue-zague, vento aquecido na garganta do tentilhão que se apronta para cantar, vento da flauta ou dos juncos secos.

Tantas palavras dispersas, mesmo minúsculas, como o vento das pálpebras que se abrem. Ou aterrorizantes, quando arrancam árvores para anunciar uma maldição.

Tantas palavras correm pela terra, cada uma tomando a sua parte de vida.

O vento é o manto do canto.

Depois do massacre de Mantoa, Mihigan, irmão de Kitsidano, apareceu certa manhã em frente à porta do asilo de cegos. Com o torso nu, ele usava a tanga de pele, que não era trajada desde que os missionários tinham vindo distribuir vestidos e calças nas aldeias.

Barthélemy Racine o convidou a entrar, mas o irmão não quis.

Então Kitsidano saiu para falar com ele. Quando ela estendeu as mãos, compreendeu que ele não queria se aproximar.

Mihigan agora morava nas montanhas Kalali com outros pés leves. Sobreviventes como ele.

Tinham esquecido os nomes das aldeias, as antigas querelas. Com os fragmentos dos clãs, remodelaram famílias. Os poucos anciãos restantes recriaram o círculo.

Um Sonhador havia chegado à aldeia. Afirmava que os ventos cardeais passavam por sua garganta. E todos de fato notaram que sua voz mudava de sopro com frequência quando ele falava.

Ele começou curando, colocando as pedras nas brasas para reavivar o espírito dos ancestrais, depois derramando água sobre elas.

Muitos choraram nos vapores: seus filhos roubados, suas esposas maculadas, seus territórios perdidos.

Então ele mandou construir a "casa da dança".

A casa da dança era, para os pés leves, ao mesmo tempo uma escola e um templo. Um lugar sagrado, um pedaço do universo aonde se ia desde sempre escutar os contos, celebrar as dádivas da terra e aprender a sabedoria dos espíritos.

Escavada como uma bacia debaixo da terra, abria-se para o mundo de baixo, onde estavam os espíritos dos mortos e as sementes por germinar.

Na parte dedicada a esse mundo, as pessoas se sentavam para participar da dança. E era lá também que as fogueiras eram acesas.

Uma janela no teto dava para o mundo de cima.

Enquanto no centro a árvore da vida unia os três mundos.

A chegada dos brancos tinha devastado as aldeias, dispersado os clãs. Os missionários destruíam sistematicamente os locais de culto. Já fazia muito tempo que ninguém mais descia a uma casa redonda para dançar.

Aquela construída pelos pés leves na montanha de Kalali era maior do que as outras construídas até então, pois o Sonhador havia visto que em breve teria de acolher os clãs vizinhos.

Com aquela curiosa modulação de entonações e respirações, o Sonhador anunciou que um grande vento estava prestes a surgir: "o vento da raiva".
Esse vento já havia vindo adverti-lo em seus sonhos. Ele o tinha visto com sua pintura de guerra. E o vento lhe dissera que suas flechas estavam talhadas.
Era um vento poderoso, astuto, que também sabia se fazer leve como aquelas brisas que em toda a imensidão da pradaria só fazem dançar uma única folha de mato.
Aquele vento ia colher os brancos para expulsá-los dali um após o outro, com a mesma precisão.
Na próxima lua, esse vento seria visto saindo da montanha para empurrar os estranhos de volta ao mar de onde tinham vindo.
Casas, igrejas, as estradas retas e os cercados, as máquinas soltando fumaça, as vacas, os cachorros dos brancos, todos seriam suspensos e levados como as sementes do dente-de-leão.
Enquanto os pés leves, que tinham descido à casa da dança, acompanhariam o vento com seus cantos para lhe dar força.

– Deixe esse branco, esse com quem você está vivendo como esposa, e venha morar com o seu povo nas montanhas de Kalali. Venha dançar conosco.
– Deixe pelo menos eu pensar a respeito – respondeu a irmã.
Então Kitsidano estendeu o braço outra vez. Seu irmão já havia ido embora.

8

Kitsidano ainda está na sacada. Prepara-se para voltar a dormir quando o vento lhe traz um cheiro que ela reconhece de imediato.
– Butaka!
Será por ter pensado no irmão, nas montanhas de carvalhos e rosas silvestres? Esse cheiro não tem nada o que fazer por aqui. Mas mesmo assim o urso está ali, em algum lugar da cidade. Não há dúvidas.

Apoiada no corrimão, ela perde esses gestos de entre quatro paredes. Tudo o que aprendeu aqui.
– Butaka.
Lábios entreabertos, ela explora o ar que entra em sua boca, rastreando o cheiro até que tudo o que resta em sua língua é a presença do animal, aqueles eflúvios de pelos com cheiro forte, que entram em sua saliva, dilatam suas narinas e a fazem estremecer.
Butaka, com suas longas garras, crescido como ela nas montanhas. Ah... simplesmente se aproximar dele. Sentir seu hálito, aquele sopro rouco que faz os cachorros se arrepiarem e fugirem.
A ideia de ir sozinha para a cidade a detém por um momento. Então o chamado retorna, lancinante, irresistível. E nada lhe parece mais imperativo do que ir encontrar esse urso.
Pega a bolsa, guarda ali sua faca, a cestinha que a mãe lhe deu, calça os mocassins, pega o xale e o cajado.
O velho marido está dormindo. Ela estará de volta antes do amanhecer. O animal se encontra próximo, isso é certo. Ela não terá de ir longe.
Mais uma vez, ao cruzar a soleira, a apreensão a detém: Barthélemy – ela nunca saiu sem ele.
E como que para se impedir de continuar pensando nisso, ela desce a escada correndo e abre a porta pesada.

Uma vez na rua, ela se encolhe sob o pórtico, escondida sob o xale.

A chuva parou. Quase não faz frio nesta noite de abril. O vento ainda está aqui para lhe mostrar o caminho.

Antes que o mercado ganhe vida, já é hora das charretes. Carregadas de verduras, frutas, carnes e peixes, elas parecem avançar sozinhas no ritmo lento dos cavalos, guiadas de vez em quando por vozes sonolentas.

Ao mesmo tempo, os mendigos saem dos becos, atraídos pela caravana, caminhando atrás da sua fome.

"Acapisun", é o que eles são para ela, todos os que estão aqui, "os homens estranhos". Jamais quietos, como aquelas formigas moles que reduzem a lascas o que tocam: não há nada entre os acapisun que não seja cortado, amassado, transportado até onde estão.

O que eles chamam de "a cidade" é um cemitério de colinas caídas, florestas abatidas, riachos capturados, levados à força até as fontes.

De tão batida, a pedra de suas casas perdeu uma parte da alma e só fala à noite.

Longe das mãos que os fabricaram, seus objetos se quebram facilmente ou se perdem. Outros, assim largados na cidade, redescobrem uma selvageria perversa, cortando o braço do homem ou arrastando-o sob suas rodas...

Mas também há muitas belezas entre eles. Ela adora essas alegrias súbitas que lançam esse povo em sarabandas pelas ruas da cidade. Também adora as mães, pois as mães são as mesmas em toda parte, tendo para os filhos aqueles arrulhos, aquelas entonações que ela reconhece. Acima de tudo, adora os cantos dessa gente, descobrir o que comem, embora sempre se surpreenda que os seus animais venham de fora, mortos por outros...

Ao ranger do eixo, ao eco dos cascos na pedra, Kitsidano entende que se abriu entre duas carroças um espaço grande o suficiente para que consiga passar. Corre, atravessa a rua, roçando o focinho dos cavalos.

A ruela está deserta e desce até a praça onde Barthélemy vai buscar tabaco para o seu cachimbo.

Seus pés conhecem a localização dos sulcos, o formato de cada paralelepípedo. Itinerário de ecos, sensações que seu corpo memoriza na medida dos encontros e em sua ordem de aparecimento, desde o couro curtido da sapataria, o galinheiro, a limalha, o pão quente, o monte de lixo junto ao poste de amarração. Com essa vibração discreta que ondula entre as paredes, confere à ruela esse timbre único, essa voz.

Depois da tabacaria, é preciso mergulhar numa rua mais larga e sem dúvida iluminada. Ela não foi até lá com frequência.

Hesita, porque agora sente pessoas em toda parte...

Passa um fiacre. Depois, uma carroça de peixe. Kitsidano não sabe os nomes, nem do boulevard de Sébastopol, nem do Hôtel de Ville. Percebe apenas o eco do vento no prédio onde dormem os pombos e, mais longe ainda, o murmúrio do rio, onde ficam as últimas casas.

Há tantas formas de ver para quem não lança os olhos adiante, mas se deixa aproximar.

Durante o dia, a orientação segue os passos do sol, ouvindo como tudo responde a ele.

Já à noite as coisas falam por si, deixando escapar aquele zumbido discreto que elas têm por dentro.

O poste, a pilha de cestos: não há obstáculos, somente a experiência desses toques premonitórios sobre a pele, pressões minúsculas pelas quais se anuncia o que logo vai ser encontrado.

Bêbados brigam atrás da paliçada do Quai des Ormes, barulho de botas. Rodas de um carrinho de mão. Fedor de fritura.

Ela volta a caminhar, contornando as fachadas, as vitrines de madeira da rue Saint-Louis, os anéis onde se amarram os cavalos.

– Não chegue perto!

Um homem caído junto a uma parede, cesta de vime fedorenta, um pedaço de pau na mão. Ela desce da calçada para evitá-lo, mas percebe passinhos às suas costas. Alguém a está seguindo!

Ela acelera, apurando os ouvidos entre cada passo, como o animal rastreado pelo caçador. Não tem como recuar, não sabe voltar para casa, então corre, as mãos na frente, tropeçando, esbarrando nas coisas, agachando-se de repente sob a madeira podre de uma passarela.

Kitsidano não se move mais. Os passos a ultrapassaram, em seguida param. O homem volta. Será que ele a vê?

Ela segura a cesta de espíritos com força na mão. Inclinando-se sobre ela, sussurra e, enquanto reza, um gancho de ferro arranha furiosamente a sombra a seus pés. Ele está ali, muito perto: ela pode senti-lo escutando. Está apavorada. Em seguida, ele vai embora de novo, agora com um passo mais pesado.

Ela fica ali por mais um instante, agachada, apavorada com a ideia de voltar a sair. Há tantas pessoas agora. Um bando de crianças cuspindo como gatos selvagens. Carrinhos de mão. Carros. E esses homens que andam todos no mesmo ritmo, batendo os calcanhares.

Então a rua se cala de novo.

Aonde ir? As casas estão tão próximas. Ela não sente mais o cheiro do vento que passa lá no alto.

Por fim sai dali.

Quando se aproxima do rio, o vento a reencontra. No meio da ponte, ela para. Não há nenhuma canoa atracada. Aqui ela não vai ouvir gritarem as focas, passarem os pelicanos. Mas há esse fedor de lama, esse dialeto de terra e água que fala das chuvas de primavera, das margens dos riachos transbordantes, pontilhadas de íris e juncos.

O cheiro de Butaka retorna. O urso está ali adiante, onde estão as árvores. Bem perto daqui.

Ela não sabe que não há lamparinas e que há muito poucos postes de luz nas laterais da Halle aux Vins. Que a maioria dos que voltam às plataformas a esta hora tardia têm olhos cansados e pescoços curvados.

Chegando à esquina da rue Cuvier com o Quai Saint-Bernard, ela escala os portões, salta para dentro do Jardin des Plantes, logo desaparece nos bosques.

Butaka,
as sementes dormem sob a terra
teu ventre está redondo
a neve está aqui

Butaka,
as sementes se abrem:
dois ursinhos junto a ti
a água canta sob a neve

Butaka,
a árvore desdobra suas folhas
os ursinhos saíram da caverna
toda a neve derreteu

Entoavam cantos para o urso na chegada da primavera.
Foi depois que a tartaruga tinha mergulhado até o fundo do oceano para trazer à tona um punhado de terra que moldara até transformar numa bola.
Então a tartaruga mandara a bola crescer e a bola crescera.
Depois que a terra foi assim criada, a tartaruga moldou os vales, o leito dos rios, então colocou as montanhas em seu lugar e, por fim, cobriu a terra com as árvores e as plantas.
Quando a terra ficou assim coberta com tudo o que cresce e germina, Aquele Que Não Tem Nome disse: "Precisamos de uma mãe da vegetação". E a avó ursa apareceu: Butaka.

Kitsidano sobe pelo caminho arenoso. Transplantadas por toda parte, as árvores são silenciosas, ferozes sob suas folhas.

Pelo arrepio que percorre sua pele, ela entende que o caminho que segue leva a um sonho ruim. Mergulhando a mão na bolsa, pega o cestinho.

É um espírito da montanha. Amigo das águias e das serpentes, tem a tepidez da falésia ao pôr do sol, com aquela carícia um pouco áspera dos líquens e dos musgos.

O cesto aquece o oco da sua mão, dando-lhe forças para caminhar sem gemer diante dos aviários onde estão a respiração dos pássaros, as penas sujas, as asas mortas; e, em seguida, para passar pela jaula das raposas.

Esses animais só têm sob o pelo uma carne opaca, descolorida pela tristeza. Animais-fantasmas, presos ao mundo por essas pernas que arranham sozinhas. Esses corpos que repassam, enroscados numa bola, sensações perdidas e memórias apagadas.

Ela sentiu a presença do elefante, congelado na rotunda? Essa resina que escorre de seu olho como uma casca ferida?

Butaka está lá, no fundo do poço. Ao pé do tronco dilacerado por garras: ela está deitada, a grande ursa, em meio à acelga, aos biscoitos, aos excrementos.

Raia o dia. Kitsidano não vê a pelagem opaca, as peladas, as crostas arrancadas. Nem aquele olho que a espia através das grades, sem a menor curiosidade.

Ela só sabe que nesse animal não existe mais inverno nem primavera. Tanto que ela chora, a testa encostada na grade, chora a longa jornada de Butaka desde as montanhas da América, os lagos claros, as torrentes de trutas, até essa gruta suja, onde a morte demora tanto a chegar que a alma já partiu.

Abrindo a palma da mão, ela solta a cesta de espíritos, que rola quicando até o fundo do poço e para entre as patas, no pelo da ursa.

É preciso voltar para casa.

Kitsidano sai do Jardin des Plantes. À sua frente: carroças paradas onde prendem barris. Mais abaixo, junto ao rio, homens descarregam o carvão das barcaças.

Será que ela ouve as lavadeiras batendo, ajoelhadas em bandos na ponte dos barcos-lavadouros, e como elas cantam, e como chamam os do trem de madeira, dos barcos dos pescadores?

Há agora muito mais obstáculos em seu caminho do que antes. Mas, afogada nesta multidão onde ninguém a nota, o progresso parece mais fácil. Porque seu rastro ainda está fresco. E à medida que abre caminho, sente que uma parte sua ficou ali, junto à ursa e ao cestinho...

Kitsidano tinha ido colher raízes de angélica e casca de medronho naquele dia, com sua mãe...

Quantos anos tinha? Os seios em seu peito estavam começando a aparecer. Ela já falava a língua do tabaco selvagem. A águia branca lhe trazia canções em sonho. Ela começaria a curar em breve.

Não iam somente procurar as plantas, nessas colheitas. Também recolhiam as pedras que acenavam no caminho; ou ouviam o que nossos irmãos de escamas, pelos ou penas tinham para nos ensinar. Por isso também coletavam cantos de pássaros e tudo o que vinha se mostrar.

Naquele dia, tinham topado com um coiote e encontrado pegadas de lobo nas margens do riacho. Com todos esses encontros, o dia passou tão depressa que fora necessário procurar um lugar para dormir. A mãe a guiou até um promontório no sopé da montanha, de onde se podia observar de longe sem ser visto.

Estavam desenrolando as esteiras quando o espírito desceu do penhasco, deslizando de uma para a outra naquela tepidez de fim de dia.

Era um espírito alegre, tão quente quanto a rocha das paredes, com um sopro de orégano e erva-doce, ousado e brincalhão como um cachorro jovem.

Ele tinha vindo, como dizem as pedras, para ser apanhado. A mãe o havia apanhado com uma daquelas cestinhas que levava para todo lado.

– Minha filha, nunca se esqueça de que esses espíritos vêm para nutrir as almas, para fortalecê-las – dissera-lhe a mãe. – Não o guarde para você.

9

Barthélemy Racine perambula há três horas. Traçando círculos na cidade, no meio da multidão. Apitando a cada três passos.

Primeiro ele foi aos parques onde gostava de passear com Kitsidano, visitando os bancos onde se sentavam juntos. Havia tantas lembranças que seus olhos muitas vezes ficavam embaçados.

Depois voltou para as redondezas de Les Halles. Tão ansioso que mal entende o que se diz, abaixando a cabeça para evitar as gaiolas dos tentilhões, tropeçando nas abóboras, na palha fresca.

Seu olhar vai cada vez mais longe, esperando encontrá-la em cada esquina, capaz de aparecer a qualquer momento.

Ela está em toda parte, Kitsidano, atrás das carroças, diante das costas curvadas. Ao lado das crianças. Encolhida junto aos mendigos. Parada atrás do poste de amarração.

Ao menor movimento ele corre, temendo encontrá-la deitada sob as rodas de um carro.

Então o desânimo toma conta dele. Insidiosamente a princípio. Com a sucessão das decepções. À medida que se afasta da rue du Cygne, as objeções tornam-se mais claras.

Ela sabe o nome da rua onde moram? E se sim, ousaria simplesmente falar?

Mais uma vez o seu olhar fica turvo ao reconhecer o ônibus que os levava aos domingos para além das barreiras, para fazer piqueniques nos pomares.

Depois, como não havia comido nada desde o dia anterior, Barthélemy senta-se numa taberna da rue des Martyrs e pede um café.

À sua frente, uma procissão de trabalhadores volta para casa, para dormir, rostos pálidos, olheiras, e esses braços onde as máquinas ainda vibram, essas pernas lutando para carregá-los.

– Meu Deus – exclama Barthélemy –, será possível que não vejamos mais essa força que há por baixo do alqueire, chamada e depois dispensada incessantemente, todas as mãos, os ombros desse corpo múltiplo e devotado, garantindo que todas as necessidades da cidade sejam atendidas instantaneamente?

"Sim, é possível.

"Será possível que olhemos para a terra como um negociante de animais diante de um cavalo, ou um comerciante de madeira diante de uma floresta?

"Sim, é possível.

"Será possível deixarmos a beleza fluir perto de nós, sem sequer mergulharmos a mão nela?

"Sim, é possível.

"Será possível exterminar povos inteiros por um punhado de areia dourada raspada do leito de um riacho?

"Sim, é possível."

E Barthélemy, que só pensa em Kitsidano, então exclama:

– Meu Deus, se tudo isso é possível, então, pelo amor do mundo, que algo aconteça.

Saindo do café, ele volta para a rue du Cygne.

Não sabe mais o que fazer agora.

10

Kitsidano está perdida. Conseguiu atravessar o Sena, mas os rastros foram apagados. Demasiado barulho. Demasiadas pessoas, charretes, bondes.

Há pouco, uma mulher se aproximou para lhe dar um trocado. O toque daquela mão deslizando por um momento em sua palma a fortaleceu um pouco. Mas quando a questionaram, ela não soube responder nada. Uma multidão se reuniu ao seu redor.

Com medo de que a levassem embora, ela gritou, lutou. Então, com passo firme, seguiu reto em frente, como se soubesse para onde ir.

Agora ela espera, sentada ao lado de uma fonte, a mão mergulhada na água.

É então que os sinos tocam e, pela primeira vez desde que se perdeu, ela presta atenção neles. Entre todos os toques, reconhece o sino de Saint-Eustache, a igreja do bairro deles, perto do prédio onde moram. Levantando-se de imediato, ela caminha na direção do som. Quando o toque para, ela se senta. Quando toca novamente, avança.

Uma mulher pega seu braço com autoridade para ajudá-la a atravessar uma avenida. Balançando a cabeça, ela agradece, com seus olhos cinzentos e impenetráveis, a face manchada de poeira e lama.

Barthélemy voltou para ver a zeladora. Não, sua esposa não retornou. O que fazer? Aonde ir? Ele caminha aleatoriamente em direção à place des Innocents. Senta-se perto dos vendedores ambulantes.

Ela havia desaparecido assim, quando eles moravam nos Estados Unidos. Certa manhã, do mesmo jeito, ele acordou e não a encontrou mais. Esperou por ela, sem saber onde buscá-la.

Uma semana depois ela voltou.

Barthélemy nunca soube que Kitsidano tinha ido dançar com o irmão nas montanhas de Kalali, onde ficava a grande casa redonda.

Durante três dias e três noites, os pés leves invocaram o vento da raiva. Kitsidano entrou no círculo. Sacudindo o chocalho das conchas, o corpo manchado de pinturas vermelhas, ela se entregou por inteiro para que o sopro poderoso viesse capturar os brancos, um após o outro, e os mandasse de volta ao mar. Como sementes de dente-de-leão.

Animada pela dança, aquecida pelos suores e pelas respirações, honrada pela fumaça da sálvia, a casa da dança havia se tornado um ventre cheio de vida, pronto para unir os mundos.

Em cima, através de uma janela estreita, o Sonhador convocou os espíritos dos céus, enquanto debaixo da terra um homem convocou os espíritos das montanhas, dos mares e dos prados, de animais, árvores, peixes e pássaros.

Um a um, os espíritos entraram no ritmo dos tambores. Carregando a febre da esperança louca.

Na noite do primeiro dia, o vento tinha aumentado, o transe tinha se intensificado. Nunca os dançarinos saltaram tão alto com suas coroas de longas penas, aquela fina cortina de palha estendida diante de seus olhos. Nunca os cantos foram tão comoventes.

O vento virava tempestade e eles continuavam dançando, sem parar.

Nos infortúnios que atravessavam, haviam despertado o primeiro tempo do mundo, quando o dilúvio ia arrasar tudo.

Então, Coiote, que havia criado os homens, os transformou em pássaros. Os pés leves permaneceram no céu até que tudo se apaziguasse. Quando as águas baixaram, eles pousaram na terra a fim de se tornarem homens novamente.

Na noite do segundo dia, o vento havia diminuído. Mas eles dançaram com a mesma intensidade, a mesma devoção, pois os espíritos estavam lá: Butaka, a mãe da vegetação, Falcão e sua esposa

Estrela da Manhã, Grande Lagarto, Corvo, Martim-Pescador, sem contar os riachos e as plantas, vindos para trazer força.

Nunca houve tantos espíritos na grande casa redonda. Era possível ouvi-los gritando, rugindo. Vê-los entrar no corpo dos dançarinos, que de repente se abandonavam àquela dança desmesurada.

No terceiro dia, o sol nasceu e todos pararam de dançar.

Cambaleantes, exaustos, ofuscados pela luz, os pés leves finalmente saíram. Ao longe, avistaram as carroças, a fumaça do acampamento dos mineiros. O mundo estava ali, idêntico ao que haviam deixado três dias antes.

Ninguém ficou desanimado, apesar disso.

A raiva e a tristeza tinham desaparecido sob os passos dos dançarinos na grande casa redonda.

– Talvez nossos espíritos não possam fazer nada contra os estrangeiros – arriscou uma velha senhora.

– Mas eles podem fazer tanto por nós – respondeu um jovem.

Foram embora com a impressão de que algo ainda era possível, desde que nunca se esquecessem de voltar a dançar na grande casa redonda.

Alguns dias depois, Kitsidano regressou ao asilo, mais magra, o corpo arranhado.

Barthélemy a acolheu sem fazer perguntas.

Essa história ressurgiu agora que eles moravam em Paris. Barthélemy se lembrou de que aquela mulher silenciosa era capaz de desaparecer durante vários dias numa natureza selvagem. Mesmo que a aventura estivesse à altura dos seus dons, lá ela conhecia perfeitamente o seu país, enquanto aqui, ao contrário, ele não conseguia imaginá-la atravessando a cidade e reencontrando sua casa.

Foi por isso que ele a levou àquela pracinha ao pé da tour Saint-Jacques, onde os trabalhadores vinham todas as manhãs em busca de serviço.

Tendo-a feito tocar nos troncos das árvores e depois atravessar o cruzamento em todas as direções, ele sentou-a sob o perfume das tílias.

– Kitsidano, se um dia você se perder, venha até aqui, a este banco. Eu vou te encontrar.

Barthélemy se levanta, caminha em direção à tour Saint-Jacques.

A essa hora há tanta gente que só o que vê à sua frente são ombros, charretes, as traseiras largas dos cavalos.

Depois de atravessar o boulevard de Sébastopol, ele a vê, de repente: o rosto coberto de traços escuros, os cabelos bagunçados, Kitsidano está ali, estranhamente calma. Espera por ele.

11

Paul volta, apesar de tudo, e se instala às onze horas em ponto no quinto andar da rue du Cygne, em frente à porta do médico.

Está ali sobretudo porque seus olhos ainda lacrimejam e não querem mais trabalhar. Durante três dias, sentado em seu quarto, ele não fez mais do que resmungar.

Mais uma vez, a porta se abre antes que ele toque.
Uma mulher está diante dele. Pele mate, longos cabelos negros e esse rosto que se oferece como a palma da mão.

Ele fica emocionado, mal a vê ele fica emocionado. Algo nele se enternece diante dos pés descalços sob a saia tão simples, o colete de pele de coelho e o colar de sementes que ela usa no pescoço.

Ele entendeu de imediato que ela não enxerga. Para além das pupilas opacas, reina uma estranha calma em torno dos cegos, que ele reconheceu no mesmo instante. É por isso que não se crispa quando ela estica os dedos longos na frente dele para tocar-lhe a testa, enquanto a mão desliza na sua e o leva até o consultório.

Barthélemy o recebe com um sorriso franco, uma camisa impecável e cabelos penteados. A jovem fecha a porta e junta-se a eles com pequenos passos.

– Perdoe-me pelo outro dia, tive um contratempo.
– Não tem problema...
– Agora vamos ver esses olhos...

"Não é como em Marselha, ele não tem pressa, isso é certo", pensa Cézanne, observando o médico que abre suas caixas de tesouras e pinças, coloca o apoio de testa e as lupas na prateleira. Depois, acendendo a lâmpada acima do assento:

– Olhe diretamente para a luz, por favor.

"Esse aí, ele sabe o que faz", pensa agora o pintor, completamente relaxado.

Após o exame com o oftalmoscópio, Barthélemy levanta as pálpebras, que examina cuidadosamente com uma grande lupa.

– Devo dizer-lhe primeiro, senhor Cézanne, que seus olhos não estão suficientemente hidratados. Pelo que entendo da carta do meu colega, o senhor passa seu tempo na poeira e no vento. Para remediar isso, vou lhe dar um colírio, que deve ser aplicado várias vezes ao dia. Mas há mais...

– Uma catarata?

– Não, por enquanto não. Vejo principalmente uma uveíte, certamente por causa do diabetes. É ela quem produz esses fenômenos luminosos, esses olhos lacrimejantes, essa extrema sensibilidade à luz. Deve incomodá-lo muito ao trabalhar...

– Como o senhor diz...

– Sugiro que tratemos primeiro a inflamação. O ideal seria experimentar em seus olhos um tratamento com um medicamento simples e eficaz, que não é tão utilizado nestas latitudes, mas que já foi comprovado em outros lugares. Se não houver resposta, vamos investigar mais. O senhor tem um tempo livre?

– Hum... sim.

– Então vamos começar o tratamento imediatamente. Deite-se nesta espreguiçadeira, será mais confortável. Pode tirar os sapatos...

Barthélemy Racine se virou para Kitsidano. Fala com ela em inglês, ela balança a cabeça e desaparece numa sala contígua.

Em suma, esse exotismo encanta o pintor. Ele olha para as máscaras, encontra nelas um encanto inegável, "expressivo, mas despojado". As penas longas e coloridas não são de pássaros daqui.

– O senhor já esteve nas Américas? Isso se percebe.

– Sim – responde Barthélemy, com sobriedade. – A quando remonta seu diabetes?

– Uns quinze anos, mais ou menos.

– E seus olhos? Há quanto tempo sente esse mal-estar?

– Já faz muito tempo. Não saberia dizer. Sempre tive a impressão de estar impedido, como que limitado...

– Mas o senhor exige muito deles...

A jovem retorna, uma tigela na mão. Há panos úmidos pendurados em seu punho. O pintor se ergueu. Ele esperava outra coisa.

– Isso é para mim?

– Sim, claro...

Cézanne examina as prateleiras. Está procurando a maquininha de ventosas. De novo sente-se inquieto, um pouco desapontado.

– Deite-se, por favor. Minha esposa vai colocar as ervas no senhor. Vai se sentir mais calmo.

– Se o senhor diz...

Kitsidano se agachou na ponta da espreguiçadeira. Seus dedos leves percorrem o rosto do pintor. Ela adivinha o pescoço enfiado nos ombros. Primeiro aplica as palmas das mãos nas têmporas, na testa. Depois, quando a pele amolece, ela fecha as pálpebras do pintor e começa a aplicar a pomada.

– O que são essas plantas?

– Elas não crescem aqui. Se eu listar os nomes, isso não vai lhe dizer muita coisa. De agora em diante, peço que não abra os olhos. Vai ficar assim, quieto, até tirarmos os panos...

– Obrigado, senhora.

– Ela não fala francês.

– Então o senhor pode dizer a ela por mim.

Ele usa sua voz de ternura, aquela que flui, natural, muitas vezes escondida sob urtigas.

– Ela entendeu.

A sensação de frescor é imediata. Ele se sente bem. Sim, bastante bem. Está feliz por ter tirado os sapatos. Desfruta mais.

E enquanto relaxa no veludo da espreguiçadeira, uma corrente de ar, um farfalhar da atmosfera, como uma cortina que se entreabre e sua Montanha está ali.

Pode senti-la como quando, sentado no rochedo em Bibémus, levanta os olhos à sua frente e o vento a traz até ele.

Será que essas camadas de olhares, esses dias contemplando-se um ao outro o revestem por dentro a ponto de ele conjurá-la, involuntariamente, como um espírito?

Ela continua ali, perto dele, vaporosa e sólida, enchendo o consultório com um hálito de tomilho selvagem e lavanda, mais o sopro frio e intermitente dos picos de granito mordido.

Sim, incontestavelmente, ela está ali, a sua Montanha, carregando todas as facetas das horas e das estações, às vezes audaciosa, impertinente, ereta sob as tempestades, embatendo-se com os relâmpagos, ou rolando atrás dos seixos: a nuca de todas as encostas, o ventre de todos os vales.

Uma lebre se apruma atrás da mesa do médico. Mais adiante, o canto de uma cotovia. E aqui está ele, deitado nas encostas da Montanha, como no dia em que, tendo ido pintar nas alturas do Tholonet, foi surpreendido pela noite, num daqueles crepúsculos de outono, por vezes tão fulgurantes.

Afastando as agulhas de pinheiro, ele abriu um lugar para descansar como os cervos. O paletó puxado até o queixo, os ombros fincados na terra negra, sentiu-se tomado por um fervor amoroso, a impressão de ter nascido apenas para aquilo: adormecer assim sob a lua, ao lado de sua bem-amada.

Mas agora a lebre fugiu. Um vento fraco. A Santa Vitória desaparece à medida que passos avançam no consultório, extinguindo seus cheiros, engolindo suas falésias.

E enquanto ela se eclipsa, ao som da campainha da última cabra, a casca de uma oliveira desliza por baixo da porta, feito uma cobra.

– Já está bom, pode abrir os olhos novamente – diz Barthélemy Racine, enquanto Kitsidano remove os panos.

– Arde menos, o senhor tinha razão, eu me sinto melhor.

– Então, que tal voltar amanhã, no mesmo horário?

– O senhor vai aplicar as plantas de novo em mim?

– Já que isso lhe traz alívio, devemos continuar.

Kitsidano não está mais ali. Barthélemy o acompanha. Eles seguem pelo corredor quando Paul para em frente à porta da sala.
– A *Manhã de geada branca*, o quadro que o senhor pendurou acima da lareira, é pintura de qualidade, sabe? Eu também gosto muito.
– Conhece o pintor?
– Pissarro? É meu amigo. Ele me ensinou muito. O senhor comprou a tela na rue Clauzel?
– Não, por quê?
– Pensei que tivesse sido. Há um velhinho incrível ali que recebe nossas telas em consignação e nos ajuda de vez em quando.

Desta vez eles se separam com um aperto de mãos. Os olhos de Cézanne já estão menos vermelhos.

12

Barthélemy almoça depressa para sair por Paris. Quer ir à rua Clauzel encontrar esse velho de quem Cézanne falou.

No início da rua, uma loja estreita, pintada de azul ultramarino. Nesse retrato, colocado na vitrine, ele reconhece de imediato seu paciente.

É uma tela grande, com cerca de um metro, onde Cézanne aparece com a cabeça descoberta, em frente ao seu cavalete.

O dispositivo é astucioso, colocando o pintor ligeiramente de meio perfil, entreabrindo ao mesmo tempo o espaço que se desdobra entre o olhar do artista e a tela que ele está executando.

Para contar como pinta, Cézanne não optou por mostrar a obra em que trabalha – necessariamente demasiado anedótica –, mas por representar seus olhos.

Eles não aparecem de imediato, os olhos do pintor, esmagados como estão por esse corpo maciço, por esse casaco escuro.

Mas assim que os notamos – um pouco assimétricos –, tudo ao seu redor perde a consistência e parece prestes a desaparecer.

Porque eles não olham para a tela, os olhos do pintor, mas para esse intervalo entre o homem e a sua pintura, o espaço misterioso onde tem lugar toda a criação.

Diante desse vazio magnético, o olhar do pintor se inverte, inclina-se para o seu interior.

"Quando eu pinto, não há ninguém", parece dizer o retrato.

Além disso, a testa de cabelos ralos já está desaparecendo, fundindo-se na mesma sensação – embaçada, úmida, turva – que vemos atrás dele na parede. Mordisca a tela um fundo indistinto, do qual o pintor se extrai por um momento, antes de logo ser engolido.

Absorvido pelo quadro, Barthélemy não notou o homenzinho rechonchudo que o observa, as mãos na cintura, com um sorriso astuto.

– Ah, mas isso não é frequente! Alguém plantado por tanto tempo na frente da verdadeira pintura! Para falar a verdade, dá prazer. Quer beber um absinto? Acabaram de me trazer. Vamos, entre!

Atravessam uma loja estreita, abrindo passagem entre as molduras, os rolos de tela, os tubos de tinta, os frascos de terebintina, de óleo de linhaça, com buquês de pincéis plantados em potes.

E pinturas por toda parte, nas prateleiras, ao redor do fogão, entre dois móveis, onde aliás ele reconhece alguns quadros de Pissarro.

O quarto do homem fica nos fundos da loja. Ele dorme entre os pigmentos, os frascos de pó, a pedra de amolar.

Entram numa pequena cozinha, separada da loja por uma divisória de vidro. Como está escuro, o velho acende um lampião a gás, depois vai buscar dois copinhos, as colheres e o açúcar.

Originário da Bretanha, Julien Tanguy partiu com a esposa para se instalar em Paris, onde aprendeu a delicada arte de misturar pigmentos para colocá-los nos tubos.

Esses pintores que deixaram o ateliê para ir pintar na natureza adotaram imediatamente a inovação providencial. A tinta secava depressa demais ao ar livre e as misturas tomavam tempo. Fáceis de usar, leves, reabastecidas num instante, essas tintas prontas eram fáceis de transportar.

O bretão sentiu ali um mercado e virou vendedor ambulante, para abastecer os artistas. Ao longo das margens dos rios, diante dos campos, Julien Tanguy levava os seus tubos, de Barbizon a Pontoise, à procura de cavaletes.

Aproveitava para espiar discretamente por cima dos ombros e o que via lhe agradava tanto que muitas vezes permanecia sentado atrás do pintor até que a tela ficasse pronta.

À noite, voltava para casa, maravilhado.

Como esses homens conseguiam capturar o vento e a luz com essas pastas pesadas que ele misturava como massa de vidraceiro na sombra úmida de seu casebre?

Sabendo que estava contribuindo humildemente para o milagre que desabrochava diante dos seus olhos, redobrou o zelo, trabalhando até altas horas da noite para voltar ao raiar do dia e reabastecer as paletas, mergulhar naquela intensidade quase amorosa que sentia flutuar em torno do pintor, ao vê-lo, nariz estendido e pincel imóvel, espreitando o próximo passo, a pincelada prestes a nascer, com aquele olhar ausente e a respiração suspensa.

Foi assim que conheceu Pissarro, Cézanne, Monet, Renoir e todos os outros. Convidado às tabernas, partilhava com eles os colchões e os lençóis puídos.

Com os pintores ele bebia até tarde, cantava alto. E isso não era nada para esse refratário à Guarda Nacional que, por ter apoiado os Communards em 1871, foi deportado durante sete longos anos para um pontão gelado em Brest, onde lhe faltara de tudo.

Aqui, ele acreditava, estava inventando outro mundo. Por isso abriu-lhes a sua loja, fornecendo-lhes sempre aquilo de que precisavam para pintar, mesmo que não tivessem dinheiro.

Aos poucos sua loja foi se enchendo de pinturas deixadas em consignação ou para saldar uma dívida.

Se o sucesso veio para alguns, que agora expunham nos salões, Cézanne permanecia nas sombras.

Suas telas despertavam uma aversão agressiva, quase violenta, que o *père* Tanguy compreendia ainda menos por ter muitas vezes se sentado atrás do pintor e reconhecido, no tempo admirável que demorava entre cada pincelada, a expressão de um contato cuja exatidão e verdade íntima ele sentia obscuramente, sem conseguir encontrar as palavras.

É preciso dizer que o velho, que mal sabia escrever o próprio nome, só tinha como formação artística um instinto, e não se preocupava com nenhuma explicação, mas classificava imediatamente o que tinha sob os olhos em duas categorias: o "tabaco escarrado" e a "verdadeira pintura".

    Comeram o açúcar. Barthélemy acendeu o cachimbo. O *père* Tanguy puxa uma cadeira diante deles, à guisa de cavalete.
– Se o senhor gosta de Cézanne, deixe eu lhe mostrar...

13

Quantas vezes Paul Cézanne voltou à rue du Cygne para suas consultas? Após o tratamento, convidam-no a vir encher o cachimbo na sala, conversar sobre pintura enquanto mordisca esses bolinhos de milho levemente insossos que Kitsidano preparou para ele.

Está melhor dos olhos. Não tem mais aquela sensação de grãos de areia ao abri-los.

Ontem foi desenhar nas galerias do Louvre, coisa que não fazia havia muito tempo.

Como todas as manhãs, aplicam compressas quentes de ervas sobre suas pálpebras enquanto ele fica deitado na espreguiçadeira, as mãos nos bolsos da calça.

Como todas as manhãs, Barthélemy Racine senta-se ao seu lado.

– O que acha que é a feiura, senhor Cézanne?

– Os prussianos na casa de Pissarro – responde Cézanne imediatamente.

Durante a guerra de 1870, os rumores sobre as atrocidades do exército prussiano eram tão terríveis que o campo e as aldeias se esvaziavam diante deles.

Ao saber que se aproximavam, a família Pissarro saiu às pressas de sua casa em Louveciennes.

Refugiando-se primeiro na Normandia, tiveram de ir para a Inglaterra, porque o inimigo avançava.

Os prussianos se instalaram em Louveciennes, na casa do pintor. A casa era vasta, com um celeiro e um pátio. Transformaram aquilo num açougue.

Todas as vacas na casa de Pissarro foram esquartejadas, juntamente com os cavalos de tração e os do exército derrotado que não serviam mais.

Como chovia muito e derrapavam sem cessar na lama e no sangue, tiraram todas as telas do ateliê, arrancaram-nas das molduras e em seguida jogaram-nas no chão, entre a casa e o celeiro, naquela lama imunda.

Com as pinturas que restaram, os açougueiros fizeram aventais.

Desapareceram assim mais de seiscentos quadros que o pintor nunca mais encontrou.

Depois da guerra, Pissarro se contentou em ir buscar alguns móveis e depois foi se instalar em Pontoise.

As imagens vêm de imediato desses quadrados de tela pintada. Essas árvores alinhadas ao longo de um caminho, no campo. O rosto dessa jovem, saia levantada, pés dentro d'água. O pomar desmoronando sob as flores. Ou esse monte de feno, colhido por braços exaustos, corpos recurvados...

Será que um único daqueles soldados pousou os olhos, mesmo que por um momento, nesse pedaço de jardim, nesse olhar de criança – com todas as cores similares, o brilho do contato –, essas explosões de vidas simples e esplêndidas, onde a terra falava das mãos que a tocavam, com um hálito quente e o coração aflorando?

Haveria um único, naquele exército em fuga, que pudesse ter sido pelo menos um pouco tocado?

Onde estão os olhos enquanto gritamos, corremos, cortamos?

Será que vemos no que estamos pisando nesse vaivém metódico, nessa sucessão de ordens gritadas?

Então eis o animal trazido, em pânico, com as pernas emaranhadas nas cordas enquanto é empurrado. O animal que grita e desaba, junto a essas telas pintadas, onde enxugam-se as mãos, onde o sangue vem jorrar.

Enquanto sob os pés, lá no pátio, sob a lama pesada e fumegante, aparece um rosto, um galho, uma mão.

Imediatamente as imagens vêm do enigma, onde tudo fica frente a frente sem que a beleza, ainda muito próxima, espalhada nas telas, tenha sido capaz de impedir qualquer coisa.

– Acho que terminamos, senhor Cézanne. Seus olhos podem voltar para a poeira e o vento. Não se esqueça de colocar o colírio, pelo menos três gotas, três vezes ao dia. Senhor Cézanne, por favor, volte a pintar. Seus olhos estão prontos.

14

Paul Cézanne não regressou a Marselha.

Se os seus olhos estavam curados, ele relutava em mergulhar de volta na dura solidão que o esperava nas colinas.

Agora que tudo voltara a ser possível, ele temia, mais uma vez, não conseguir chegar lá. Via a si mesmo segurando o pincel novamente, congelado diante da tela, enquanto a tinta secava na paleta e ele se sentia vacilar.

Lá, na pedreira, ele sabia que a menor dúvida gritava mais alto que em outro lugar, o que o deixava tão desamparado.

Então, voltou a pensar no livro: o segundo volume de O *olhar novo*, no qual estavam registrados os testemunhos de cegos operados de catarata e suas primeiras visões.

O arrependimento surgiu no momento em que fazia as malas. De súbito, teve a certeza de que encontraria no livro algo que poderia ajudá-lo.

Há, no empenho do artista em fazer com que o mundo apareça todas as manhãs na ponta do pincel, algo ao mesmo tempo tão arriscado e tão excessivo que às vezes ele se torna supersticioso, inventando recursos, esperando o estímulo milagroso, o cutucão de que o trabalho precisa para dar uma sacudidela e começar de novo.

Assim que surgiu a ideia do livro, ele ficou obcecado. Relembrava cada uma de suas visitas à rue du Cygne. Era uma impressão? Cada vez que interrogava Barthélemy sobre suas pesquisas, achava-o evasivo, quase reticente. Tanto que nunca ousou pedir ao médico que lhe emprestasse o livro.

"Estou inventando histórias", dizia o pintor.

Ainda assim, não ia embora.

Em vez de fazer as malas, passava os dias na poltrona devaneando em companhia daquela humanidade de gente chorosa e deslumbrada, que Barthélemy Racine trouxera para a sua vida e com quem gostava de conversar.

A aventura daqueles pobres coitados, impelidos com um golpe de bisturi ao mundo das cores, fascinava-o prodigiosamente.

Sentia que entre essas pessoas e ele havia uma espécie de fraternidade confusa.

Por habitar tanto os vislumbres, o crepúsculo do olhar, todos esses lugares onde o mundo se inventa ou se extingue, Paul Cézanne sabia tudo sobre essa dramaturgia de passagens.

Para dizer a verdade, diante de sua tela ele se sentia todos os dias como o cego cujos curativos são retirados.

Foram necessários uns bons três dias para o pintor firmar a sua decisão, convencer-se de que não iria incomodar, e organizar na cabeça uma boa dúzia de argumentos irrefutáveis antes de o encontrarmos, mais uma vez, diante da porta do médico.

Usando um chapéu redondo, ele segura uma braçada de tojos floridos e, debaixo do braço, um de seus pequenos quadros, toscamente embrulhado em papel-jornal com um barbante.

Como Barthélemy se surpreende ao descobri-lo no capacho, convencido de que já havia retornado a Marselha, então se inquieta, pergunta se está tudo bem; o pintor pede desculpas, esquece as frases e, para terminar, coloca sua pintura nas mãos do médico, ao modo de um pacote pesado.

– São três maçãs velhas colocadas sobre um pano de prato. O senhor pode fazer o que quiser com isto.

Apressa-se em ir embora. Mas, percebendo que ainda segura as flores:

– E isto é para ela... Tojos. Uma velha estava vendendo no mercado...

– Mas entre, por favor!

Atraída pelo perfume, Kitsidano se aproximou. Reconheceu o cheiro da primavera em Mantoa, quando ia colher tojos com as mulheres para amarrá-los em feixes. A emoção a domina. O pintor lhe entrega o buquê, ela imediatamente mergulha o rosto ali.

Sentados sob o quadro de Pissarro, Barthélemy e Cézanne fumam cachimbo.
– O senhor mora longe do mar, senhor Cézanne?
– Então o senhor nunca esteve em Marselha?
– Não, ainda não...
Paul abre sua bolsa, tira seu caderno, desenha um mapa.
Ali, não muito longe de Marselha: a cidade de Aix-en-Provence, onde mora. Mais adiante, depois do aqueduto: esse caminho sinuoso que leva à pedreira onde vai pintar todas as manhãs. Depois, eis aqui a Santa Vitória. Aqui: as colinas de Montaiguet, a cadeia do Pilon du Roure.
– E pode ver que o mar está atrás do Roure. Bastante longe, no fim das contas...

Sentada em frente à janela, Kitsidano estendeu os tojos no chão. Segurando os galhos, um após o outro, ela faz com que deslizem entre dois dedos para retirar as flores, depois coloca os caules sobre os joelhos.
– As mulheres do seu povo usam o tojo para tecer cestos.
– Ah, certamente, deve ser algo assim – diz o pintor, contemplando o montículo de pétalas e estames de um amarelo ardente, último vestígio de seu buquê, colocado ao lado da indígena.
Kitsidano cantarola. Unhas esverdeadas, ela já entrecruza as primeiras hastes. Sob o olhar ausente, as mãos trabalham por conta própria.

Há algo de fascinante em ver esses dedos agarrarem o fio sem hesitar para fazê-lo entrar no ritmo, dar-lhe essa inflexão suave, que o incita, incorpora-o ao cesto.

Cézanne pegou seu caderno. Será que ele sente que a mulher que está desenhando já não está mais totalmente ali?

O gesto vive fora do tempo. Quantas mulheres antes dela teceram esta cesta? Kitsidano se juntou a elas, sem dúvida. Está em Mantoa.

O carvão corre no papel. Ali: o lóbulo da orelha, perfurado por uma pena. Lábios grossos.

As pupilas opacas de Kitsidano o trazem de volta às gargantas do Arc no verão. Cinzentas, leitosas, como as manchas do sol filtradas pela folhagem sobre a superfície da água.

O farfalhar do carvão interrompe o devaneio da indígena. Virando a cabeça, ela entende que vem do "homem de olhos quentes". Não chama mais o pintor de outro modo desde que colocou nele as ervas. Nunca seus dedos sentiram pálpebras tão ardentes.

A intensidade de seus olhos lhe recorda um de seus tios, que se chamava Witun...

O homem se tornou um renomado curandeiro depois de conseguir capturar as palavras de um vento, com as quais tratava dos enfermos.

Como ele tinha feito para entender palavras tão fugazes e evasivas? Ninguém sabia explicar. Muitos o acharam louco, a princípio, vendo-o correr tanto atrás do vento o dia inteiro.

Quantos anos ele passou no alto dos cânions, nas planícies de juncos, onde quer que o vento soprasse? O ouvido daquele homem era sem dúvida tão quente quanto os olhos do pintor.

Do vento, ele só conseguira reter uma única palavra: "Witun", que repetia sem cessar. E todos na tribo o chamaram de Witun.

Como ele conseguiu capturar as outras palavras do vento, depois?

A tia de Kitsidano afirmava que elas lhe tinham sido dadas por um tordo. O pássaro veio até ele num dia de inverno, saltitando na neve com uma asa quebrada. Witun o pegou para aquecê-lo contra o peito.

Durante semanas cuidou dele, mantendo-o junto do corpo, alimentando-o com as poucas sementes que lhe restavam.

Com a chegada da primavera, quando abriu as mãos para soltar o pássaro curado, o tordo se empoleirou perto dele para cantar. Witun reconheceu as palavras do vento. Cantadas pelo pássaro, porém, as palavras eram tão claras que ele pôde memorizá-las.

Kitsidano só tinha ouvido Witun cantar uma vez. Isso remontava à época em que a casa da dança ainda existia. Toda a aldeia se reuniu ali para uma cerimônia.

Witun começou a assobiar e o vento entrou por aquele buraco no telhado pelo qual os espíritos eram invocados. Todos haviam recuado para junto da parede, imaginando como um vento daqueles conseguiria soprar dentro de uma casa construída pelos homens, porque o vento assobiava forte enquanto girava, esmagava as chamas, apagava as velas.

Então Witun começou a falar as palavras do vento e tudo se acalmou. Havia tanta beleza naquele canto, o vento inteiramente contido na respiração do homem, que Kitsidano só conseguiu escutar com o coração. E ela se sentiu um tordo, com uma cor quente no peito.

– Barthélemy, antes de partir eu gostaria de lhe perguntar uma coisa. Poderia fazer a gentileza de me emprestar um livro? É o segundo volume de O olhar novo. Aquele em que fala de "sensações puras". Onde estão os depoimentos dos cegos que o senhor operou...

– É que... esse livro não existe, senhor Cézanne. Eu nunca o publiquei.

– Como assim, nunca publicou? Mas o senhor o menciona no primeiro volume. Eu me lembro muito bem. Li isso no trem.

– Sim, é verdade, eu o mencionei. Depois mudei de ideia. Achei melhor guardá-lo em minhas caixas.

– Mas por quê?

Barthélemy dá de ombros.

– As provocações dos colegas, a hostilidade das famílias... Além disso, não vejo o que pode lhe interessar nesse livro...

– Mas pelos céus, o que eles viram, os seus cegos, o que eles lhe contaram! Acredite, o que eles veem naquele momento, quando você tira os curativos, não é assunto só de médicos, é também algo que interessa muito ao pintor. Que lhe interessa em primeiro plano.

Barthélemy não diz mais nada, fumando seu cachimbo com olhos ausentes, enquanto Cézanne se esforça para juntar as palavras, olhando para frente, erguendo diante do rosto suas velhas mãos.

Enquanto ele as mantém assim, face a face, elas parecem contrair-se, expandir-se, como a malha de um coração todo forjado pelo vento.

— É que para pintar meus quadros, senhor Racine, tenho de ir longe, muito longe... Ah, se o senhor apenas soubesse...

"Antes de começar minha tela, colocar a primeira pincelada, eu inicialmente preciso encontrar o fundo, o senhor entende.

"Pintamos sempre do mais profundo para a superfície, como a terra nos ensina — basta ver como a semente se enraíza bem antes de irromper.

"E esse fundo de paisagem que eu quero colocar na minha tela, esse sentimento que primeiro vai habitá-la como uma consciência, uma memória azulada, é também o fundo do mundo. Refiro-me à sua origem, ao seu primeiro sonho. O mundo na sua virgindade.

"Então, quando estou nessa sensação, quando ela se traduz para mim, meus olhos esqueceram tudo. Tornaram-se inocentes, voltaram a ser como no primeiro dia.

"O senhor entende? Senhor Racine, o senhor entende?"

Barthélemy faz que sim. O que acaba de ouvir comove-o tão profundamente que não consegue pronunciar uma palavra ou esboçar um gesto.

Volta a ver a si mesmo quando estudante, debruçado sobre o microscópio, maravilhado com aquele ordenamento milagroso de líquidos, de membranas, e como esperava que um instrumento tão sublime pudesse encontrar músicos à sua altura, porque então — ele não colocou isso com essas palavras na época, mas é o que pensa agora — porque então veríamos a beleza surgir em sua verdade crua, como um animal que sai do mato e se vira em nossa direção e olha para nós. Uma beleza viva, essa beleza selvagem e silenciosa de que o mundo tanto precisa...

Ao ver o médico rígido e mudo, Cézanne se culpa. "Eu não deveria ter teimado. Insisti demais com o coitado..."
Antes de sair, ele bate com o isqueiro, reacende o cachimbo, volta ao fundo azulado do mundo.
Tantos esforços, quando ele pensa a respeito, para chegar até ali. Todo esse trabalho, esses sofrimentos, essas meditações para perfurar as camadas do cotidiano, para voltar a essas brumas, a essas iridescências, a essa primeira nudez, antes dos nomes que o homem põe em tudo o que olha. Antes de seus gestos para se apropriar de tudo.
Sim, é preciso tudo isso para desaparecer graças à presença, sem a qual nada pode acontecer, e nos mostramos nós mesmos, em vez de nascermos com o mundo. E nada foi vivido de real.
Nessas fugas, ele se torna como aqueles homens, nus e ferozes, com as mãos mergulhadas no sangue, na fumaça do sacrifício e do transe, e que faziam surgir nas paredes das cavernas aqueles animais que ainda correm, que não param de galopar.

epílogo
Os batimentos do coração da terra

1

Cézanne se levantou várias vezes durante a noite para olhar o céu. Embora nenhuma tela tenha sido começada, existe essa tensão. Uma espécie de alegria. A impressão de que o dia que se anuncia será belo. Ele não sabe o porquê.

Como está pronto mais cedo do que de costume, desce algumas ruas mais adiante para acordar o cocheiro.
Baptiste é um homem dedicado, disponível em todos os momentos. Basta bater à sua porta. O homem logo se veste, atrela a mula.
Com o tempo, eles acabaram se conhecendo, conversando com acenos de cabeça ou grunhidos. Esse homem que nada sabe de pintura alegra-se junto com ele quando sabe que uma tela avança, que a obra está "em bom andamento".

Quando chegam a Bibémus, o céu começa a clarear. Baptiste ajuda o pintor a descer.
— Até mais, senhor Cézanne.
— Até mais tarde, Baptiste.
Ele pega a sacola, a caixa de tintas e a garrafa envolta num pano para seguir pelo caminho que serpenteia entre os buracos, os pinheiros inclinados, os bosques de carvalhos sésseis e os arbustos de murtas.

Ele anda depressa, espanta as pombas e faz o gaio guinchar. Trota, perseguindo o sol de modo a chegar antes dele, abrir o cavalete, colocar ali a tela em branco e pegar o carvão.
Precisa desse leve adiantamento, antes do "grande olhar", ou tudo ficará explícito demais. O lugar ocupado. E o que terá ele, o velho, a acrescentar?

Tanto que perde o fôlego, desaparece no fundo das cavernas da pedreira onde a água da noite ainda está estagnada e luta para vencer as subidas.

Quando finalmente chega, estoura de rir diante das brumas de Vauvenargues, porque ainda não há nada ali. Também nada para lá da falésia: nem a Montanha nem o horizonte. Mesmo a aldeia que ele sabe estar lá embaixo não existe.

Tudo está mergulhado nessa indecisão. Não há nada seguro por ali, exceto as paredes cinzentas do galpão.

O sol demora a aparecer. Parece estar batendo os pés no chão, contido por um escudo de nuvens, abaixo da linha do horizonte.

Ele dá ao pintor uma trégua para explorar o que o rodeia.

Por onde olhar esta manhã? Por onde, desta vez, ele vai deixar o mundo entrar?

Aquele rochedo que está à sua frente, embebido de escuridão, ainda não pesado, não exatamente feito de pedra, aquele rochedo o magnetiza, chama-o subitamente.

No fundo, nunca é ele quem escolhe o local onde a cortina se entreabre. Ele se deixa encontrar. Segue suas emoções.

Quando o sol finalmente surge, o pintor já está há um bom tempo à espreita atrás do cavalete, o carvão na mão. Sorri. "Ah, realmente, tudo está propício esta manhã."

O verão cumpriu seu ciclo. Já não há mais do que a casca das vagens, esses tufos claros, os cachos desgrenhados das flores secas.

Encolhidos pelo calor, os frutos da amora parecem cacos de carvão. Por toda parte os espinhos falam alto.

É que entramos na estação das pedras, esse momento em que a rocha fala mais alto que as árvores que a rodeiam. E esta manhã isso se respira, um cheiro de farinha molhada.

Uma lebre aparece no meio do caminho. Depois se senta.

Os olhos do pintor se aproximam silenciosamente, mergulham os dedos nesse pelo suave.

Só de tocar o animal com a ponta do olho, como faz, Paul já não tem nem sequer a mesma respiração; uma atenção elétrica percorre sua coluna, agita suas narinas. O hálito da terra sobe por entre as patas da lebre, onde estão as ervas mastigadas, os caminhos percorridos, as vias de fuga. Tremendo das pontas dos pelos até os bigodes, ela fica encolhida, pronta para saltar. Tão fundida nessa pupila cercada de bistre que ele, o pintor, se vê através do olhar da lebre, sentado diante do grande rochedo, com um carvão na mão.

Ele se espalha, está em toda parte, o pintor. No arbusto que se agita, no ramo flexível que ondula enquanto a cotovia levanta voo. Ele é o seu coração batendo, o seu canto deslizante, o vinho azedo da sorveira na sua língua delicada, essa asa que bebe o céu em pequenos goles. Uma asa de pássaro no dia nascente.

Mas ele é também o vento sobre o qual ela se apoia, carregado da tepidez dos currais abertos, carregando o repicar dos sinos, com uma memória de terra revirada pela passagem dos javalis... que ele também é, obviamente.

E é sempre ele quem rola com a onda pesada que o sol nascente destila nas folhagens, esse pó que desliza colina abaixo. E a recria.

Onde quer que as coisas sussurrem, onde quer que respirem, ele está em cada faísca, em cada ponto da vida, sem vontade, sem preferência, levado pelo ritmo daquilo que surge.

Porque tudo importa: quando você pinta como ele, só existe o homem para decretar um centro e fazer o mundo girar ao redor. Porque tudo conspira com esse impulso amoroso, do qual cada vida faz uma caminhada, do qual cada respiração dá uma nota, e perderíamos tudo no ato de escolher, pois tudo está igualmente vivo.

O calor aumenta. As cigarras começam a cantar. Seus olhos se cansam. Há sempre um desenraizamento no ato de se subtrair desse modo da beleza do mundo, mas enfim: também temos um corpo, limites, é preciso transigir.

Paul vai se sentar por um momento à sombra do velho carvalho. Os frutos estalam sob seus pés.

É então que ele ouve a carroça. Reconhece o passo pesado do cavalo, os gritos do cocheiro.

– Ora, mas é Baptiste! O que ele está fazendo aqui a esta hora? E eu que começava tão bem o meu dia!

E assim, resmungando, ele sobe o monte, anda em direção ao local onde o caminho se interrompe.

É então que os vê descer: dois estranhos.

O ar treme tanto ao redor deles que ele ergue a mão diante dos olhos, lutando para distingui-los.

O homem está usando um chapéu de cidade. Ele o vê saindo da carroça, com uma sacola no ombro e um monóculo no olho.

É quando ela aparece, toda vestida com seus pelos, quando ela salta, convidando como sempre o silêncio sob seus pés, com esse colar de sementes batendo no peito, que ele finalmente os reconhece: Barthélemy e Kitsidano.

2

– Pelos céus! Mas o que deu em vocês para saírem de Paris e virem se perder aqui, neste campo de buracos, no outro extremo da França?

Baptiste já foi embora. Cézanne ri, braços levantados, invoca as árvores em testemunho. E ele, que conhece cada pedra ali, tropeça correndo ao encontro deles.

– Olá, senhor Cézanne! Que prazer finalmente vê-lo de novo!

– Meu caro senhor Racine, mas que diabos, como conseguiu chegar até aqui?

– O mapa que o senhor tinha rabiscado para mim. Então, quando cheguei à cidade, perguntei pelo senhor...

Kitsidano se aproximou. Quando ela estende a mão para tocar sua testa, ele tira o chapéu.

– Barthélemy e Kitsidano... Em Bibémus!

Ele ri novamente.

– Mas venham para o galpão, ficar na sombra... É por aqui, sigam-me.

– Nós não o incomodamos?

– Imagine!

Ele trota à frente, junta os galhos do caminho, empurra as pedras. E a cada vez pede desculpas. Mais parece que ele os recebe em sua sala e a criada não veio.

Assim que ele chega, corre para pegar cadeiras.

– Vocês dois aqui! Ah, como estou contente!

Então, sentindo-se idiota, abandona-os por um instante, dá a volta no galpão para entrar no porão, pegar sua garrafa, limpando os copos sujos com a barra da camisa.

Encontra-os sentados nas agulhas dos pinheiros. Então coloca os copos sobre uma cadeira. Senta-se na outra. E para terminar se deixa cair no mato seco ao lado deles.

Tirou uma salsicha do saco, o pão enrolado no pano. As perguntas rodopiam em sua cabeça, mas a presença deles lhe parece tão volátil que, no momento, ele não ousa lhes perguntar nada.

O grito de um pastor ricocheteia perto deles no penhasco. Um bando de tordos nas sorveiras. Cézanne enche os copos, tira o canivete, corta o pão.

– Entendo que venha pintar aqui, senhor Cézanne; o lugar é encantador.

– E o senhor ainda não viu nada. Mais tarde vou lhe mostrar a pedreira...

A Santa Vitória ainda está imersa nas brumas. Erguido diante dela, o sol remove meticulosamente, uma após a outra, as cortinas pulverulentas que a cobrem, onde a cor vagueia sem poder se fixar.

Ainda é a hora em que a Montanha flutua entre dois mundos, ousando o paradoxo: maciça e aérea, transparente e telúrica ao mesmo tempo.

Começou a soprar um vento fraco que carrega o som abafado dos sinos do Tholonet, persegue as últimas nuvens diante da Santa Vitória.

É uma coincidência? No momento preciso em que a Montanha finalmente se revela, Kitsidano volta-se para ela como se quisesse contemplá-la. O pintor se virou para Barthélemy em busca de uma testemunha.

Barthélemy não notou nada, ocupado em abrir a sacola que carregava no ombro para extrair um maço de papéis amarrado com uma fita.

– Pensei muito no que o senhor me disse na última vez em que nos vimos, em Paris. É por isso que decidi vir lhe oferecer este manuscrito, que nunca vai se tornar um livro. Coloquei-o um pouco em ordem. Espero que o senhor saiba reler minhas anotações. Aqui está o segundo volume de O *olhar novo*, senhor Cézanne. É para o senhor.

A surpresa é tão forte que Paul Cézanne não tem tempo de esconder nada, as lágrimas saem sozinhas, ele luta com muita dificuldade para contê-las, esfregando o rosto com os dedos enegrecidos pelo carvão.

Então, quando as palavras por fim vêm, ele pega o maço, contempla o manuscrito, aquela minúscula caligrafia preta e densa em páginas amareladas.

– Ainda mais do que por tudo que vou ler, senhor Racine, ainda mais do que por tudo que espero disto, agradeço-lhe por ter feito essa viagem pelo homenzinho que eu sou, que faz sua pintura como pode, que se ocupa de pequenas coisas. Ah, eu lhe agradeço tanto!

3

Chegou agora esse momento para eles, o de respirarem lado a lado, de acompanharem a dança das cores na Montanha.

Será que já sentem que sempre hão de se lembrar deste momento? Parece que tudo ao seu redor conspira intensamente. A estridulação das cigarras e até mesmo o gesto das árvores, que nestas horas de calor assumem posturas cheias de assentimento.

Os dedos do pintor acariciam a fita amarrada que fecha o manuscrito. "Tanto trabalho para guardar isto numa caixa..." A pergunta o atormenta. "Por que ele nunca quis publicá-lo?"

Está prestes a perguntar quando percebe que Kitsidano se afasta. Tirou as sandálias. Ao vê-la partir assim, descalça e sem enxergar, na direção desse labirinto de cavernas em ruínas, de poços abertos, sem outra barreira senão o mato, os tufos de carvalhos sésseis e os pinheiros, Cézanne entra em pânico.

– Não precisa se preocupar com ela – é tudo o que diz o médico.

Kitsidano se afasta no mato. Ela avança depressa, com esse curioso andar em que o pé vê tudo sozinho, cheirando primeiro, feito sentinela, e depois se enraíza a cada passo. Após o monte, sob os altos pinheiros, ela desaparece.

– Senhor Racine, sempre me perguntei: por que nunca operou sua esposa?

– Porque ela não queria. Sugeri, é claro. Mas acho que ela temia ter de olhar para um mundo onde aqueles que tanto amava não existem mais. Vivemos mais perto dos nossos mortos quando não podemos ver. E além disso, senhor Cézanne, eu não acredito mais tanto nessa operação...

– Mas ora, o senhor devolve a visão, isso é alguma coisa!

– Para quem já enxergou, indiscutivelmente, a operação é essencial. Para os cegos de nascença é diferente. Operei muitos, também recolhi depoimentos de meus colegas. Muito poucos tiveram um bom resultado, na verdade. E isso não os deixou felizes. A maioria deles até queria voltar ao estado anterior. Agora mantêm os olhos fechados.

– Mas por quê?

– Imagine, senhor Cézanne, que depois de todos esses anos de cegueira e de espera o senhor de repente se encontra com olhos dos quais não pode se servir. Recuperou a visão, certamente, isso é indiscutível, mas seus olhos nada sabem. Eles acabaram de nascer. Ignoram o que olham. Estão abertos, mas não podem ajudá-lo.

"Imagine essa alegria extrema, primeiro, depois muito rapidamente a decepção absoluta. Até então, nada ensinou ao cego o que é uma forma, nem mesmo o espaço, a profundidade, porque ele nunca precisou disso.

"Acreditei ingenuamente que, ao operá-los, ao remover seu cristalino, eu ia lhes devolver de imediato o mundo. Que bastaria lhes dar um par de óculos para ajustar a nitidez e eles poderiam conquistar um lugar na sociedade, encontrar um trabalho.

"Mas conceder a visão é mais o trabalho de um educador do que o de um cirurgião. A visão, tal como nós, adultos, a possuímos, é um processo longo e gradual que foi refinado ao longo dos anos à medida que crescíamos.

"Quando removo os curativos, eles ficam submersos em torrentes de luz ofuscante – uma luz que muitas vezes os faz sofrer. Veem sem ver, afogados num oceano de manchas de cores indecifráveis, em que não conseguem discernir qualquer contorno. Tudo se funde nesse caos multicolorido que se agita, gira em torno deles, arrasta-os numa vertigem da qual não sabem se extirpar.

"Aquela mancha clara ali, na frente deles, é a sua mão? Eles duvidam, tocam. Nessa fase, só entendem um pouco usando seus pobres dedos, só avançam tateando. E se chocam por toda parte, pois seus antigos marcos são subitamente varridos pela irrupção da visão. Eles estão perdidos, senhor Cézanne."

– Meu Deus, mas então o que fazem?

– Têm de reaprender tudo, aos 20 anos, às vezes aos 40, com o olhar de um recém-nascido. É preciso tempo, paciência, e muitos desanimam. Esse olhar novo logo se torna para eles uma enfermidade, um calvário. Sentem falta de sua vida de antes.

– Foi por esse motivo que o senhor não quis publicar seu manuscrito, senhor Racine?

– Não... não foi por isso...

Barthélemy se serve de um copo. Pombas passam diante deles. Suas asas agitam o calor sem fazer o menor barulho.

– Encontrei nessa experiência tanto o abismo quanto o céu. Uma grande tristeza e uma grande alegria.

"O abismo, o senhor o conhece. É aquele aonde sem querer precipitei meus pacientes. Lamento não ter sido melhor informado sobre a questão do olhar, ter negligenciado esse longo processo que os fez suportar tantas provações para as quais não estavam preparados. Cometi um grande erro.

"Mas há algo mais... Algo imensurável, e foi por isso que eu quis lhe trazer esses testemunhos, porque pensei que o senhor poderia recebê-los. Que o senhor teria o ouvido necessário, talvez, para escutá-los. Sentir o que eles viveram.

"Porque há o ofuscamento primeiro, senhor Cézanne. Antes de todas essas desilusões, há aquela famosa 'sensação pura'. Ah! Eu tinha pressentido isso. Desde o primeiro dia eu sabia que o olhar nascente é um milagre. Há tanto nos primeiros momentos do olhar que se abre... Bem, se o senhor quiser eu leio um trecho. Permite-me?"

Cézanne lhe entrega o manuscrito. Ao desatar a fita, as mãos do velho tremem um pouco.

– Pois alguns deles não ficaram com medo. São raros. Compreenderam que havia uma oportunidade inesperada de experimentar, num corpo adulto, com toda a sua consciência e sobretudo com palavras para traduzi-lo, por mais imperfeitas que fossem, o que vemos ao nascer.

"Esses, em vez de refugar, de fugir do que os submergia, concentraram-se em descrever o que viam, o que sentiam, então, com muita modéstia. Como as coisas vinham."

As folhas estão espalhadas no mato, atravessadas por grilos, incontáveis nesta época.

– Penso em... Espere, um minuto... Aqui, encontrei: "Paciente Adela Tobar".

"Este testemunho sozinho contém, creio eu, todos os outros. O senhor verá um pouco do que quero falar.

"Ah, o senhor teria gostado de conhecê-la, Adela, bela mulher que era. Acompanhava a família, equatorianos de Quito, na corrida do ouro. Eu a conheci na primavera de 1853 em Santa Rosalia. Sua catarata era tão opaca que ela não conseguia distinguir nem as sombras. Fazia noite para ela desde o primeiro dia. Mas ainda assim, o senhor teria gostado de ver a sua alegria. Muitas vezes me perguntei por que o dom da vida era tão mal repartido entre os homens. Nunca a ouvi reclamar. O mais surpreendente é que ela foi uma das mais idosas a se submeter à operação, mas soube se educar depois tão rapidamente quanto os mais novos. Reaprendeu tudo, com mais de 60 anos. Mesmo quando recuperou essa visão mais limitada que é a nossa, ela sempre manteve a alegria.

"O senhor queria saber por que guardei o livro, senhor Cézanne. Sabe como é a nossa época. Sabe como nos protegemos, como até desprezamos aquilo que não sabemos mais sentir.

"É que as palavras dos meus pacientes são tão frágeis. O olhar novo os coloca numa simplicidade crua que talvez tenhamos perdido um pouco, da qual já não somos mais tão capazes.

"Eu não teria tolerado que se emitisse sobre o que relataram a menor dúvida, ou, pior ainda, o menor escárnio."

Barthélemy se endireitou e pigarreia um pouco antes de começar a ler.

Adela Tobar, Santa Rosalia, 30 de novembro de 1853.

No momento em que os curativos são retirados: "É como uma torrente! Parece que o mundo me atravessa por toda parte, o mundo com todas as suas cores, as suas luzes!".
Ela cai para trás. Nós a seguramos. "Muito obrigada."
Ela se senta, lutando para ficar de pé. "Isso vem dos meus olhos?"
Ela toca as próprias pálpebras. "Não, agora já não tenho tanta certeza. Não vem dos meus olhos. É maior. Também vejo com a pele. É também como um cheiro. Um cheiro forte, como verniz ou turfa das florestas nubladas de Puembo. Um cheiro doce também. Como as flores do capuli.

"Parece agora que essas cores me envolvem, que me vestem. Ou um vapor. Sim, é isso, é como um vapor. Mas um vapor de emoções, um sopro quente, que também me preenche por toda parte, me colore por dentro."

Sua voz falha. "É isso a beleza, senhor Racine? Diga-me, o senhor que enxerga, diga-me o que está acontecendo comigo. Não sei nada sobre a beleza, ainda sou cega."

Ela respira fundo e de repente se acalma. "Parece que há um sorriso flutuando, um sorriso de manchas coloridas, algumas opacas, outras mais brilhantes. Um sorriso como uma respiração. Mas uma respiração cheia de luzes, de cores, uma respiração que me acaricia e fala comigo usando palavras que nunca ouvi. Mas que eu compreendo, no entanto. São palavras muito afetuosas."

Ela se calou. Por um longo momento ela chora. "Isso se vê? Estou brilhando, senhor Racine? Tenho a impressão de brilhar, de repente."

Ela sorri. "O senhor está ouvindo? Ouve agora ao nosso redor como tudo palpita? Parece um canto."

De repente ela se cala por um longo momento, ainda com aquele sorriso que não a abandona. "A beleza são as batidas do coração da terra que vêm colocar cores no coração do homem. Esta vida que surge de todos os lugares e se dispersa.

"Ah, se o senhor visse isso. Toda essa beleza me foi dada de uma vez, agora. Toda a beleza do mundo.

"Há tanto amor, senhor Racine, tanto amor nisso."

Barthélemy fica em silêncio. Cézanne assente.

– As cores, senhor Racine, as cores como um vapor. E tudo que ela descreve... Ah! saber pintar apenas como a vida aparece para nós.

Então ele começa a rir. É um riso leve, que se forjou em todos os climas da mata mediterrânea. Um riso de entre as pálpebras, de testa franzida. Um riso tão calejado, tão franco quanto a mão de um camponês. Um riso amoroso, muitas vezes rejeitado. O riso de um pintor, afinal, que parece desafiar o mundo.

– Barthélemy, não acho que o senhor precise se preocupar com o que seus pacientes lhe contaram. Independentemente do que se diga sobre isso, e seja qual for o tom, ninguém jamais poderá tirar deles o que viram.

"Veja, meu amigo, o que flui a cada momento sob toda essa transparência, espalhada diante dos nossos olhos. Veja o que surge do ventre da terra, esse impulso irresistível em direção à luz, e como cada um, árvore, pedra, homem, à sua maneira contribui para isso. Colorindo-se como é, e depois desvendando sua alma. Algo que tem de único e que o faz brilhar.

"O senhor bem sente, Barthélemy, basta sair ao ar livre: a beleza está em toda parte. Contanto que o nosso olhar ainda tenha o sabor da aventura, do contato. Que só procuramos sentir, conhecer..."

Kitsidano voltou. Braços carregados com um feixe de galhos de salgueiro, que ela deve ter encontrado no sopé da falésia, perto do Arc.

O pintor se pergunta como ela fez para caminhar até tão longe. E para voltar, principalmente.

Enquanto o sol ultrapassa o seu ápice e consente em descer.

Todas as luzes que ele ainda guardava agora escorregam para a parte inferior das folhas, como se fossem pálpebras se abrindo. Parece que o morro nunca foi olhado com tanto carinho.

Cézanne junta as folhas do manuscrito, amarra a fita. Promete levá-lo de volta quando retornar a Paris.

Já se imagina na sala da rue du Cygne, entre máscaras e penas, sob o quadro de Pissarro.

Ignora que Barthélemy Racine vai morrer alguns meses depois, que não voltarão a se ver.

O médico organizou há muito o regresso de Kitsidano, a quem um amigo do casal colocará no barco, após a sua morte.

Ela vai reencontrar o irmão, nas montanhas de Kalali. Voltará a dançar na grande casa redonda.

Mas, por enquanto, só há esses três sentados em frente à cabana. Uma que separa as hastes e prepara-se para tecer um cesto. Os outros dois que batem com o isqueiro e acendem seus cachimbos.

Enquanto a Montanha recua, passo a passo, lentamente. Pelo canto do olho, o pintor a observa eclipsando-se, com aquela discrição infinita que o encanta: ela tão maciça, velada de azul e ocre claro, ela que carrega na cabeça o granito, e que ele vê afastar com seus dedos delgados a menor falha que a separa do mundo, assim apartando delicadamente os penhascos, os desfiladeiros, como uma toalha de mesa que se remove no final do banquete, maculada de vinho e migalhas, e que desliza sobre a madeira da mesa, carregando consigo todas as relíquias da festa, todos os vestígios do que se passou durante algum tempo sob as luzes.

E que subitamente desaparece.

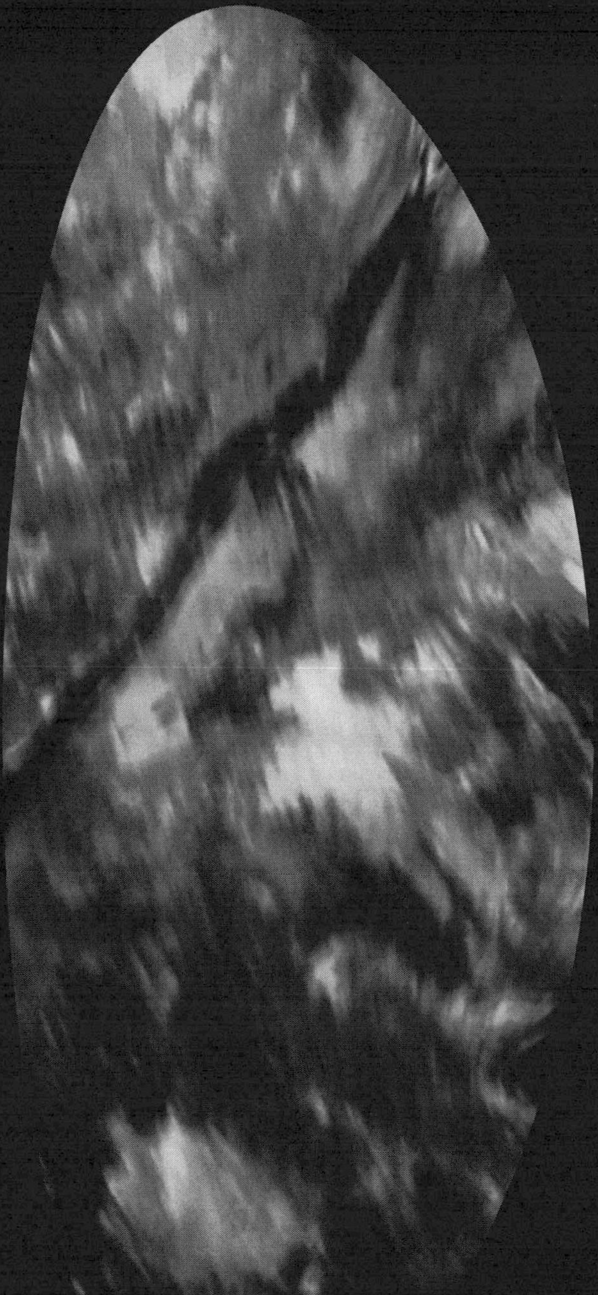

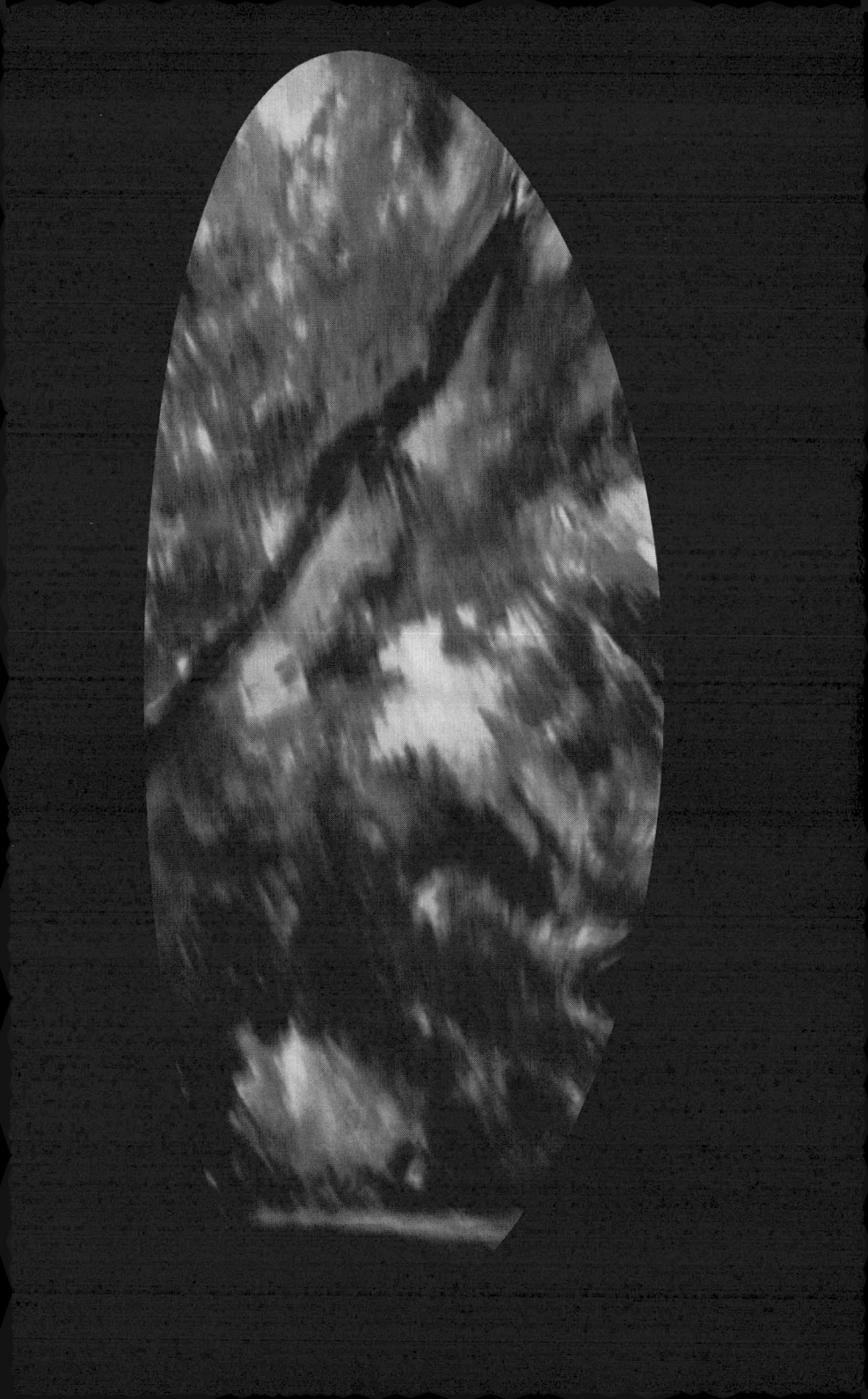

agradecimentos

O estudo sobre o testemunho de cegos operados de catarata no século XIX é inspirado no trabalho de um oftalmologista: Marius von Senden, *Space and Sight. The Perception of Space and Shape in the Congenitally Blind Before and After Operation.*

Gostaria de agradecer especialmente à minha amiga Prunelle Ville, que muito me ajudou traduzindo para mim o livro de Marius von Senden.

Obrigada também a Pierre Philippon, cujo apoio me foi muito precioso.

Toda a minha gratidão a Sylviane Vinson Galy, diretora da mediateca do Chambon-sur-Lignon, a Michel Fraisset, do posto de turismo de Aix-en-Provence, e a Élise Deblaise, da Agência Regional do Livro Provence-Côte-d'Azur, que me ajudaram em minhas pesquisas.

Obrigada à minha editora Colline Faure-Poirée pelo seu empenho neste projeto.

Toda a minha gratidão a Rainer Maria Rilke, à montanha de Santa Vitória, à pedreira de Bibémus e a toda essa beleza envolvente, cada um tendo me acompanhado à sua maneira na escrita deste romance.

Por fim, obrigada ao grande pintor e ao inesgotável deslumbramento que ele suscita, tanto através da sua vida como através da sua obra.

© Éditions Gallimard, Paris, 2022
© Relicário Edições, 2024

Dados Internacionais de Catalogação na Publicação (CIP) de acordo com ISBD

B559o   Sibran, Anne

O primeiro sonho do mundo / Anne Sibran; tradução por Adriana Lisboa.
Belo Horizonte: Relicário, 2024.
184p.; 14,5 x 21 cm.

Título original: *Le premier rêve du monde*
ISBN: 978-65-89889-89-2

1. Literatura francesa. 2. Romance. 3. Cézanne, Paul, 1839-1906 – Pintor francês – Ficção. I. Lisboa, Adriana. II. Título.

                                               CDD 843
2022-3449   CDU 821.133.1

Elaborado pelo bibliotecário Tiago Carneiro – CRB-6/3279

COORDENAÇÃO EDITORIAL Maíra Nassif Passos
EDITOR-ASSISTENTE Thiago Landi
PROJETO GRÁFICO Ana C. Bahia e Tamires Mazzo
DIAGRAMAÇÃO Cumbuca Studio
CAPA Ana C. Bahia
PREPARAÇÃO Laura Torres
REVISÃO Thiago Landi

Cet ouvrage, publié dans le cadre du Programme d'Aide à la Publication année 2021 Carlos Drummond de Andrade de l'Ambassade de France au Brésil, bénéficie du soutien du Ministère de l'Europe et des Affaires étrangères.

Este livro, publicado no âmbito do Programa de Apoio à Publicação ano 2021 Carlos Drummond de Andrade da Embaixada da França no Brasil, contou com o apoio do Ministério francês da Europa e das Relações Exteriores.

**AMBASSADE
DE FRANCE
AU BRÉSIL**
*Liberté
Égalité
Fraternité*

/re.li.cá.rio/
Rua Machado, 155, casa 1, Colégio Batista | Belo Horizonte, MG, 31110-080
contato@relicarioedicoes.com | www.relicarioedicoes.com
@relicarioedicoes / relicario.edicoes

1ª EDIÇÃO [2024]

Esta obra foi composta em FreightText
e Neue Haas Grotesk Pro e impressa em papel
Pólen Soft 80 g/m² para a Relicário Edições.